William Shakespeare

新译 莎士比亚全集

HENRY V

【英】威廉·莎士比亚——著

傅光明——译

亨利五世

天津出版传媒集团

天津人民出版社

图书在版编目(CIP)数据

亨利五世 / (英) 威廉·莎士比亚著；傅光明译
. -- 天津：天津人民出版社，2020.4
(新译莎士比亚全集)
ISBN 978-7-201-15862-4

Ⅰ.①亨… Ⅱ.①威… ②傅… Ⅲ.①历史剧–剧本
–英国–中世纪 Ⅳ.①I561.33

中国版本图书馆 CIP 数据核字(2020)第 050881 号

亨利五世

HENGLIWUSHI

出　　版	天津人民出版社
出 版 人	刘　庆
地　　址	天津市和平区西康路 35 号康岳大厦
邮政编码	300051
邮购电话	(022)23332469
网　　址	http://www.tjrmcbs.com
电子信箱	reader@tjrmcbs.com
责任编辑	伍绍东
装帧设计	李佳惠　汤　磊
印　　刷	河北鹏润印刷有限公司
经　　销	新华书店
开　　本	880 毫米×1230 毫米　1/32
印　　张	8.375
插　　页	5
字　　数	150 千字
版次印次	2020 年 4 月第 1 版　2020 年 4 月第 1 次印刷
定　　价	75.00 元

目　录

微信扫描二维码，加入读者圈，可获得以下服务：

1. 获取新译莎士比亚全本导读。

2. 与译者、读者交流读莎翁心得体会。

3. 获取更多周边视听资源。

剧情提要

第一幕

坎特伯雷大主教和伊利主教在谈论国王没收天主教会财产的事，他俩希望国王反对这项议案，因为假如通过这项议案，"我们将失去一多半财产。因为虔诚教友捐赠的所有非属教会的土地，都将从我们手里夺走。"他们深知，国王已从一个昔日的放荡青年，变成了一位有作为的明君。大主教打算以"灵体会"的名义，向国王捐一笔巨款，资助其对法国开战，因为国王不仅对好几个法兰西公国的头衔有无可争议的继承权，还有权继承法兰西王位。

国王请大主教把法国的《萨利克法典》解释一下。为保住教会财产，大主教希望国王以《萨利克法典》为依据，向法兰西开战，于是，他详细讲述了《萨利克法典》的由来，强调"《萨利克法典》不是为法兰西王国拟定的：何况法国人直到法拉蒙国王死后，又过了421年，才将萨利克领土据为己有"。最后，国王确信自己有权从曾祖爱德华三世那儿，继承法兰西王位。

接着,国王召见法国王太子派来的使臣。使臣捎来王太子的口信:"您过于年轻气盛,在法国没什么东西凭一场轻盈的欢快舞蹈便唾手可得;——单靠狂欢进不了那儿的公爵领地。所以,为更迎合您的脾气,他送您这一箱宝物。"王太子送给亨利五世一箱网球。

亨利五世大怒,决心远征法兰西,"尽力为自己复仇"。

第二幕

全英格兰的青年燃起斗志,决心参军,远征法国。巴道夫中尉打算请尼姆下士吃早餐,叫他与皮斯托旗官和好,三人结为兄弟,一起去法国。桂克丽原与尼姆相好、订婚,后来却嫁给了皮斯托。尼姆恨皮斯托,一见皮斯托和桂克丽夫妻俩前来,便拔出剑,要与皮斯托决斗。巴道夫竭力劝架。福斯塔夫的侍童跑来,说福斯塔夫"病得太厉害了"。桂克丽跟着侍童去探病。在巴道夫的调解下,尼姆、皮斯托两人和好如初。

国王从南安普顿登船出征之前,发现了剑桥的理查伯爵、马萨姆的亨利·斯克鲁普勋爵和诺森伯兰的托马斯·格雷骑士三个人的阴谋,他们收了法国人的钱,发誓要杀死国王。国王给他们每人一纸罪状文书,三个人吓得面如死灰。国王命埃克塞特公爵以叛国罪"逮捕他们,依法追责"。三人见阴谋败露,认罪伏法,恳求国王宽恕。国王作出判决,将三人立即处死。

皮斯托、桂克丽夫妇,尼姆、巴道夫、侍童,为福斯塔夫之死悲伤不已。

面对英格兰的进攻,法国国王要法军务必加强防御,王太子则不以为然,法兰西大元帅不敢掉以轻心,特意提醒王太子不要轻敌。国王回首往事,提及"当年克雷西之战惨败",便心有余悸。

这时,埃克塞特公爵作为英格兰使臣觐见法国国王,转达亨利五世"以万能的上帝之名"发出的意愿,要他放弃"非法夺去"的法兰西"王冠与王国"。国王反问:"否则,怎么?"埃克塞特直言威胁:"刀光血影;哪怕你把王冠藏心里,他也要去那儿把它耙出来。"国王答应考虑。王太子不满父王软弱,表明态度:"除了与英格兰国王冲突,我别无所愿:为了这个目的,我才送他一箱巴黎网球,正与他的青春、虚荣相配。"埃克塞特再次撂下狠话,发出战争威胁。

第三幕

法兰西哈弗勒尔城下,战斗警号吹响。英军把云梯架上哈弗勒尔城墙。守军抵抗十分顽强。亨利五世激励英军士兵:"冲啊,最高贵的英国人! 你们的热血是久经疆场考验的父辈传下来的!"

英军勇猛攻城,巴道夫、尼姆、皮斯托被炮声吓破了胆。威尔士人弗艾伦上尉用剑驱赶他们"冲上突破口"。在侍童眼里,"这仨小丑没一个够得上爷们儿。"弗艾伦上尉向英格兰人高尔上尉抱怨,爱尔兰人麦克莫里斯上尉打仗只懂"罗马战法",简直是一头蠢驴,却对苏格兰人杰米上尉十分赞赏,认为他"是个特别勇敢的绅士"。弗艾伦和麦克莫里斯两人一见面,便发生口角,争执不下之时,哈弗勒尔城里吹响谈判的号角。

亨利五世向哈弗勒尔总督发出最后通牒。守城的总督曾向王太子求助,王太子竟然回复:"军队尚未备战,对如此强大的攻城无能为力。"因此,总督决定向亨利五世投降。

法国王宫一间室内，凯瑟琳公主让侍女爱丽丝教她说英语；另一间室内，国王召集大臣讨论军情。英军已渡过索姆河，正向加来挺进。法兰西大元帅、王太子、波旁公爵一致主战。国王决心一战，命传令官蒙乔，叫贵族们振作起来。大元帅认为英军人数很少，不足为虑。国王传令，"火速派蒙乔去，让他问英格兰，愿付多少赎金。"

皮卡第英军军营。高尔和弗艾伦聊着旗官皮斯托"战法精妙，顶顶勇敢地守住了那座桥"。说话间，皮斯托来请弗艾伦出面，去找埃克塞特公爵为巴道夫讲情，因为他抢劫教堂，被公爵判处绞刑。弗艾伦拒绝，认为"军律应该执行"。皮斯托做出侮辱性的手势，骂他："死了下地狱去吧！你这交情算什么玩意儿！"见到国王，弗艾伦禀报此事，亨利五世赞同："违反军令者，格杀勿论。"

蒙乔带来法国国王的口信，要亨利五世认清英军劣势，考虑缴纳赎金，以免遭受重创。亨利五世要蒙乔转告法国国王："我的赎金就是这不足道的虚弱身躯；我的军队也只是体弱多病的卫兵……叫你的主人想明白：若能通行，我军便通行；一旦受阻，我军必以你们的鲜血染红你们黄褐色的土地。"

阿金库尔附近法军军营。大元帅、朗布尔勋爵、奥尔良公爵、王太子在聊天，大元帅自信"有世上最棒的盔甲"，他急盼天亮，好与英军一战。王太子夸自己的战马"真是一匹宝马良驹"，"它是坐骑之王，它的嘶鸣犹如君王下令，它的外观叫人顿生敬意。"他急等披挂上阵，"明天我要骑马跑一英里，一路铺满英国人的脸。"

信差来报，英军扎营，两军相距"不到一千五百步"。

第四幕

在阿金库尔英军营地，亨利五世深感英军处境危险，势必拿出更大的勇气。为激活士气，国王披上欧平汉爵士的斗篷，独自巡视军营，遇见一个叫威廉姆斯的士兵。国王自称欧平汉爵士的下属，与士兵交谈。

天亮了，法军的战马嘶鸣，急于交战。信差来报，英军已列好战阵。大元帅自信满满。

法军"足有六万兵力"，对英军形成"五比一"的优势。威斯特摩兰感慨："只愿今天在英格兰无事可做的闲人，来此补充一万兵力！"亨利五世骑着马观察敌阵归营，闻听此言，放出豪言："不，我可敬的老弟，倘若我们注定死去，这损失足以让英格兰痛惋；假如我们命不该绝，人越少，分享的荣誉越大。听凭上帝的旨意！恳请你，不要希望再增一兵一卒……"

法军传令官蒙乔受大元帅之命再次前来，问亨利五世："在必遭灭顶之前，现在是否愿以赎金求和？"国王誓言决一死战："别再为赎金劳神；除了我这把骨头，我发誓，他们什么也得不到；即便我这副骨架落他们手里，也没什么用。"

阿金库尔战场，两军交战。法军大败，全线崩溃，四散奔逃。奥尔良公爵不甘心失败，试图组织反击。波旁公爵甘愿拼死一战。

决斗结束，法军伤亡惨重，蒙乔来见亨利五世，恳求恩准："伟大的国王，请准许我们，平安地查看战场，处理阵亡者的尸体！"

阿金库尔战役英军大获全胜。"有一万名法国人被杀死在战场,其中阵亡的亲王和佩戴家徽的贵族,126 名。"亨利五世由衷赞叹:"谁见过,不用计谋,两军交锋,战场上硬碰硬,一方伤亡如此惨重,一方损失微乎其微?——接受它,上帝,因为它只属于您。"

第五幕

从阿金库尔之战得胜回到英格兰的亨利五世,为签署条约,再次率军来到法国。

经勃艮第公爵调解,亨利五世与法国国王见面。亨利五世将条约内容逐条列出,并指派几位大臣,与法国国王谈判:"对我要求之内或之外的任何条款,你们全权批准、增加或修改,只要你们的慧眼认准对我的威严有利,我都签署。"同时,要求法方:"把凯瑟琳公主留这儿陪我。她是我提出的主要要求,位列我方第一项条款。"

一边,英法双方和谈,另一边,亨利五世向只懂一点儿英语的凯瑟琳公主求爱。

谈判结束。法国国王接受所有和谈条款,并最终同意:"今后凡遇赐封官爵或土地,书写诏书之时,"必须尊称亨利五世:"法文是'我至亲的亨利女婿,英格兰国王,法兰西继承人。'拉丁文是'我至爱的亨利女婿,英格兰国王,法兰西继承人。'"

亨利五世传令准备婚礼。

剧中人物

亨利五世	国王
汉弗莱,格罗斯特公爵	国王之弟
贝德福德公爵	国王之弟
埃克塞特公爵	国王之叔
约克公爵	国王之堂兄
索尔斯伯里伯爵	
威斯特摩兰伯爵	
沃里克伯爵	
坎特伯雷大主教	
伊利主教	
剑桥的理查伯爵	谋反者
亨利,马萨姆的斯克鲁普勋爵	谋反者

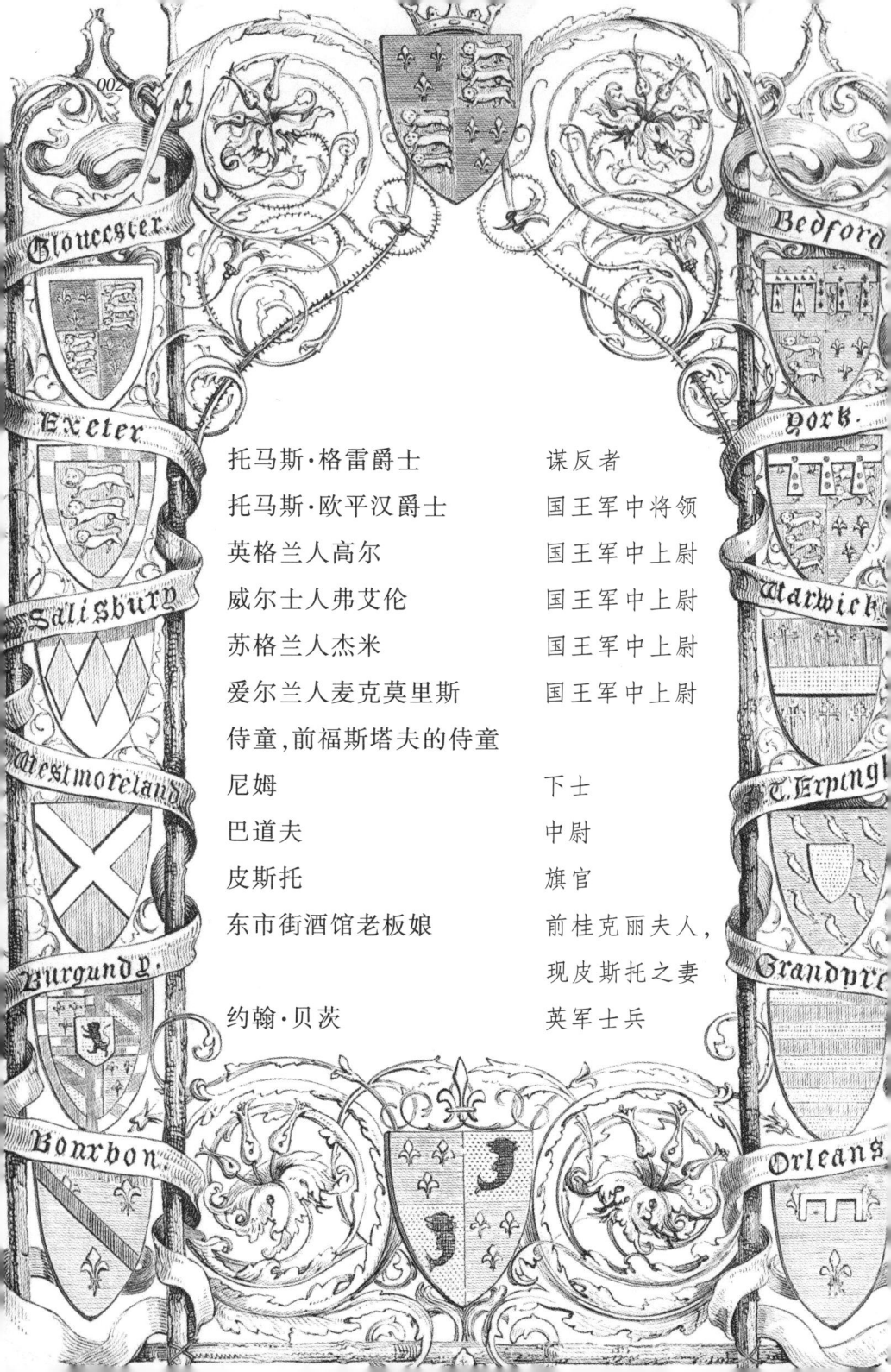

托马斯·格雷爵士   谋反者

托马斯·欧平汉爵士   国王军中将领

英格兰人高尔   国王军中上尉

威尔士人弗艾伦   国王军中上尉

苏格兰人杰米   国王军中上尉

爱尔兰人麦克莫里斯   国王军中上尉

侍童,前福斯塔夫的侍童

尼姆   下士

巴道夫   中尉

皮斯托   旗官

东市街酒馆老板娘   前桂克丽夫人,
                           现皮斯托之妻

约翰·贝茨   英军士兵

亚历山大·考特　　　　　英军士兵

迈克尔·威廉姆斯　　　　英军士兵

传令官

法方

查理六世　　　　　　　法兰西国王

法兰西王后伊莎贝尔　　国王之妻

路易　　　　　　　　　王太子，王位继
　　　　　　　　　　　承人

凯瑟琳　　　　　　　　国王、王后之女

爱丽丝　　　　　　　　凯瑟琳之侍女

法兰西大元帅

勃艮第公爵

Gloucester

Bedford

Exeter

York

Salisbury

Warwick

Westmoreland

T.Erping

Burgundy

Grandpr

Bourbon

Orleans

蒙乔   法兰西一传令官

哈弗勒尔总督

波旁公爵

奥尔良公爵

贝里公爵

朗布尔勋爵

格兰普雷勋爵

觐见英格兰国王的大使

贵族们,贵妇们,众官员,英法两军士

兵,公民们,使臣们,及众侍从等

亨利五世

King Henry
V.

第一幕

开场诗

（剧情说明人上。）

剧情说明人　　　啊！愿火热的缪斯女神，引我们上升，到达最光明的灵感天国，——以王国作舞台，亲王们来演戏，宏伟的场景由君王来观看！然后，威武的哈里，一位国王勇士，以马尔斯①的姿态亮相；饥荒、刀剑和火焰，紧随其后，像三条猎犬一样拴在一起，蹲伏着听候差遣。但请原谅，女士们、先生们，我等愚钝之辈要在这微不足道的舞台上，饰演如此伟大的场景：这个斗鸡场②容得下法兰西广阔的战场吗？我们能把连阿

---

① 原文为 Mars，马尔斯，罗马神话中的战神。
② 指像斗鸡场一样狭小的舞台。

金库尔①的空气都闻风丧胆的盔甲，全塞
在这个木头圆圈儿②里吗？啊，请原谅！既
然添加小小的"零"可成百万之巨；那就让
我们，无形之中把这伟大的战事，在你们
的想象中活灵活现吧。想象一下，此时在
这圆墙之内有两大王国，巉岩高耸、两相
对峙的边界③，由一条凶险狭窄的洋流④相
隔：用您的想象补充我们的缺陷；把一人
想成一千，在脑子里建一支军队；我们一
提战马，您就得想见它们骄傲的铁蹄踏着
疆场的土地；——因为这时，您必须得靠
想象把我们的国王装扮一下，带领他们从
这儿到那儿；跳跃时间，把多年业绩化入
一小时沙漏⑤之中：为此，请准许我对这出
史剧略表一二；

　　我要像报幕员一样恭请您耐住性子，

　　对我们的戏，留心倾听，宽容评判。(下。)

---

　　① 1415 年 10 月 15 日，英军在法国北部的阿金库尔战役中击败法军。

　　② 木头圆圈儿：指用木头搭建的圆形环状的剧场。《亨利五世》最早可能先在圆
形的"帷幕剧场"(The Curtain Theatre)演出，那时，莎士比亚所属"内务大臣剧团"的
"环球剧场"(The Globe Theatre)尚未建成。

　　③ 指英国的多佛(Dover)和法国的加来(Calais)巉岩耸立，隔海对峙。

　　④ 指把英法两国隔开的英吉利海峡。

　　⑤ 沙漏为古代计时工具。此处一小时为约略说法，当时每部戏演出时长约两到
三个小时。

第一场

伦敦。王宫内一前厅。

（坎特伯雷大主教及伊利主教上。）

坎特伯雷　　阁下，我来告诉你，——那同一个议案又提
　　　　　　出来了，在先王①统治的第十一个年头儿，若
　　　　　　非局势动荡不安，没推动进一步讨论，它可
　　　　　　能当时就通过了，这议案的确是冲我们来的②。

伊利　　　　大人，那我们现在如何抵制？

坎特伯雷　　要考虑周全：假如它没合我们的意通过了，
　　　　　　我们将失去一多半财产。因为虔诚教友捐赠

---

　　① 先王，即亨利四世（Henry Ⅳ）。
　　② 该议案欲将教会拥有的一部分土地收归国有，于 1404 年首次提出，后于
1410 年（即亨利四世执政第十一年）再次提出。据说，当时英格兰王国有近三分之一
的土地属教会所有，以至于土地问题逐渐成为国王与教会争执不下的焦点问题。这
项议案再次提出时，平民院已讨论通过，后主要由于亨利王子（即后来的亨利五世）
反对，在贵族院被否决。

的所有非属教会的土地，都将从我们手里夺走；估算一下成本，——为了国王的荣誉，足以养活十五位伯爵，一千五百个骑士，以及六千两百个绅士[①]；而且，足够建一百所救济院，救济麻风病患者和年老体弱者，以及贫穷虚弱失去劳动能力的人；另外，国王的国库每年还有一千镑进项：议案照这样运行。

伊利　　　要把杯中的财富一口喝干。

坎特伯雷　连杯子一起吞掉。

伊利　　　但如何阻止？

坎特伯雷　国王充满恩典[②]，备受尊敬。

伊利　　　他对神圣的教会真心挚爱。

坎特伯雷　他年少时的品行没透出这种预示。父亲刚断气儿，他便自己杀了野性，好像野性也跟着死了[③]；是的，就在那一刻，冥思，像一位天

---

① 绅士比骑士低一个等级。

② 参见《新约·约翰福音》1:14:"道成为人，住在我们当中，充满恩典和真理。我们看见了他的荣耀，这荣耀正是父亲的独子所应得的。"

③ 参见《新约·罗马书》8:13—14:"你们若服从本性，一定死亡；你们若依靠圣灵治死罪行，一定存活。凡被上帝的灵导引的人都是上帝的儿子。"《歌罗西书》3:5:"所以，你们必须治死在你们身上作祟的那些俗尘欲望，如淫乱、污秽、邪情、恶欲和贪婪(贪婪是一种偶像崇拜)。"

使，来了，把他体内的原罪用鞭子赶走①，留身躯作一处清纯之地②，包藏和容纳天堂的精灵。没有谁像他一样突然变成一个学者；从没见改过自新像一股洪水，如此急流奔涌，冲掉一切罪过；没有谁像这位国王似的，倏忽间，一下子就叫九头蛇③的任性丢了王座。

伊利　　　他这一变，我们有福了。

坎特伯雷　只要听他辩神学，你便打心里敬佩，唯愿国王担任大主教；听他论国事，你会说他精于研究，洞悉国情；听他讲战争，你会听到他把一场可怕的战事当音乐尽情演奏。甭管向他

① 典出《旧约·创世记》中亚当、夏娃违反上帝意旨，在伊甸园里偷吃禁果，犯下原罪，被逐出伊甸园。参见《新约·罗马书》6：5—6：“如果我们跟基督合而为一，经历了他的死，也必同样经历他的活。我们知道，我们的旧已经跟基督同钉十字架，为的是要摧毁我们的罪，使我们不再做罪的奴隶。”《哥林多后书》5：17：“无论谁，一旦有了基督的生命便是新造之人；旧的已过去，新的已来临。”《以弗所书》4：22—24：“你们要挣脱那使你们生活在腐败中的‘旧我’；那旧我是由于私欲的诱惑腐化的。你们的心思意念要更新，要穿上‘新我’；这新我是照着上帝的形象造的，表现在真理所产生的正义和圣洁上。”《歌罗西书》3：9—10：“不可彼此欺骗，因为你们已经脱掉旧我和旧习惯，换上新我。这新我，由造物主上帝按自己的形象不断加以更新。”

② 清纯之地，指像亚当、夏娃犯下原罪之前的伊甸园那样清纯的地方。

③ 九头蛇，希腊神话中生有九头的蛇怪，每被砍掉一个头，便立刻生出两个头。

提什么政治问题，他都会像解袜带一样，熟练地解开戈耳狄俄斯之结①；——当他一开口，连空气，这享有特权的自由的精灵，都静止了，无声的惊异藏在人们的耳朵里，想偷走他美妙的清辞丽句；由此可见，一定是生活的艺术和实际经验，教会他如何论辩推理：真是个奇迹，陛下是怎么学的呢？因为当时，他的嗜好就是游手好闲，他那些同伴都是大字不识的粗鲁、肤浅之徒；放荡、筵席、游乐填满了他的时间；从没谁见他远离公共场所、三教九流，去躲清静，抽出时间闭门学习。

伊利　　　草莓长在荨麻下，丰盈之浆果与劣质果实为邻才熟得透：因此，王子只是拿野蛮的面罩把深思冥想来遮掩；别疑心，像夏草一样，夜里长最快，虽没人见，生长却自然天成。

坎特伯雷　必须这样；因奇迹不再有②；所以我们一定得

---

① 戈耳狄俄斯之结(Gordian knot)：希腊传说中，弗里吉亚(Phrygia)国王戈耳狄俄斯(Gordius)为感激宙斯之恩，打算将给他带来好运的牛车献给宙斯，为防止有人把车偷走，他用绳子把车捆住，打了一个难解的结，并留下预言，解开此结者将统治亚洲。后来，亚历山大大帝(Alexander the Great)用剑劈开此结。

② 参见《新约·哥林多前书》13：8："讲道的才能是暂时的；讲灵语的恩赐总有一天会终止；知识也会成为过去。"此或暗指在基督徒心中，人类的新约时代是一个"堕落的时代"，不会再有神显现的奇迹出现。

承认,自然因素多么完美。

伊利 　可是,主教大人,下议院急于通过这项议案,我们现在如何缓解?陛下趋于赞同,还是否决?

坎特伯雷 他好像没什么立场,或者说,更偏向我们这边,而没向着提案反我们的那些人:因为我以灵体会的名义,向陛下提议,捐一笔巨款,——比以前教会捐给他先王们的任何一次都多。——关于当前局势,涉及法国的事情,我也向陛下详细做了说明。

伊利 　大人,他是怎么接受这个提议的?

坎特伯雷 陛下乐于接受;我发觉,陛下很想听,只因时间不够,来不及听我细说详情,——他对好几个公国的头衔都有无可争议的继承权,而且,笼统地说吧,他还有权从曾祖爱德华①那儿,继承法兰西的王冠、王位。

伊利 　什么要紧事打断了你们交谈?

坎特伯雷 刚好那时候,法国使臣求见陛下;——这会

① 指爱德华三世(Edward Ⅲ)。英王爱德华三世的母亲,是法兰西国王菲利普四世(Philip Ⅳ, 1268—1314)的女儿伊莎贝拉(Isabella, 1295—1358),有时被描绘成"法兰西母狼"(She-wolf of France)。伊莎贝拉的三个兄弟过世以后,她便出面为儿子爱德华争取王位。但当时法国贵族们根据"萨利克法典"(Salic Law)做出决议,女性没有继承权。"萨利克法典"最初由法兰克王国的第一位基督徒国王克洛维一世(Clovis Ⅰ, 466—511)制定,其中一项,规定女性无权继承土地。到了中世纪,此项法规成为女性不得继承王位的依据。

儿,我想,陛下正接见呢:现在四点了吧?

伊利　　　　是的。

坎特伯雷　　那我们进去,探听一下使臣什么来意;其实,
　　　　　　不等那法国人开口,我一猜便中。

伊利　　　　我陪您同去;正想听听怎么回事。(同下。)

第二场

同上。接见厅。

（国王亨利五世、格罗斯特公爵、贝德福德公爵、埃克塞特公爵、沃里克伯爵、威斯特摩兰伯爵，及侍从等上。）

亨利五世	我满怀神恩的坎特伯雷大主教在哪儿？
埃克塞特	他没在这儿。
亨利五世	仁慈的叔叔，派人叫他来。
威斯特摩兰	陛下，我们叫使臣来见？
亨利五世	贤兄，先不急：召见之前，得把我跟法国之间那些占脑子的事，定了再说。

（坎特伯雷大主教和伊利主教上。）

坎特伯雷	愿上帝和他的天使们保护您神圣的王座[1]，

---

[1] 参见《旧约·诗篇》91:11:"上帝要派天使看顾你，/ 在你行走的路上保护你。"《新约·马太福音》1:14:"你若是上帝之子，就跳下去；因为圣经上说：上帝要为你吩咐他的天使用手托住你，不使你的脚在石头上碰伤。"《路加福音》4:10:"因为圣经说：上帝要吩咐他的天使保护你。"

愿您为王座永增荣耀！

亨利五世　当然,谢谢您。博学的主教大人,请您接着讲
下去,清晰而虔诚地解释一下,为何按法国
人定的《萨利克法典》,该,还是不该,阻止
我要求的权利。我亲爱的、忠诚的主教大人,
上帝不准您蓄意曲解,或按您内心的理解巧
立名目,对我要求的权利,做出与真理不匹
配的虚假解释;因为上帝知晓,为尊驾您激
励我所做之事,将有多少七尺男儿倾洒鲜
血。所以,您得小心,您要让我做的事,将如
何唤醒沉睡的刀剑:我以上帝的名义,命令
您,出言谨慎:因为这两大王国交战,非流太
多血不可;每一滴无辜的血便是一件惨祸,
一声悲号,抗议那个把积怨付于刀剑,如此
草菅人命之人。在这样的恳求下,说吧,主教
大人,因为我愿听,会留心听,并从心底相
信,您所说的话都经过良心的洗涤,清纯如
经洗礼洗净的罪孽①。

---

① 参见《新约·使徒行传》2:38:"彼得告诉他们:'你们每个人都要离弃罪恶,并
奉耶稣基督的名受洗,好使你们的罪得到赦免,以领受上帝所赐的圣灵。'"22:16:
"你还耽误呢?起来,吁求他的名,领受洗礼,好洁净你的罪。"《希伯来书》10:22:
"我们应该用诚实的心和坚定的信心,用已经蒙洁净、无亏的良心和清水洗过的身体,亲
近上帝。"

坎特伯雷　那听我说，仁慈的君主，还有诸位，愿以生命为至尊王座效忠的贵族。——没什么能阻止陛下向法兰西要求权利，不过这一条：——"萨利克国土之上，女人无继承权。"①——是法拉蒙②留给他们的。法国人不公正地把萨利克国土，界定为法兰西王国的国土，法拉蒙便成为这条法律的创立者，禁止女性有继承权。可他们自己的作家却如实坦承，萨利克国土在日耳曼境内，位于萨拉③和易北两河之间：当年，查理大帝④征服撒克逊人之后，把一些法国人留在那儿定居；他们对日耳曼女人生活中的一些淫荡行为十分鄙夷，然后制定了这条法律：——就是说，萨利克境内无女继承人。——我说过了，萨利克位于易北与萨拉两河之间，就是今天日耳曼境内叫迈森的地方。那显然，《萨利克法典》不是为法兰西王国拟定的：何况法国人直到法

① 此句原为法语。In terram Salicam mulieres ne succedant.

② 法拉蒙（Pharamond），传说中法兰克人的第一位国王，公元三世纪初统治法兰克王国，并制定了《萨利克法典》。

③ 萨拉（Sala），即今天的萨尔（Saale）。

④ 查理大帝（Charles the Great, 742—814），查理一世，即查理曼大帝，从公元768年起，为法兰克国王，从公元774年起，为伦巴第国王，从公元800年起，为神圣罗马皇帝。在中世纪早期，查理大帝统一了西欧和中欧的大部分土地。

拉蒙国王死后，又过了421年①，才将萨利克领土据为己有；——人们愚蠢地把他当成这条法律的创立者，——他死于基督纪元426年；而查理大帝征服撒克逊人，法国人在萨拉河一带定居，是805年。另外，他们本土作家也说，废掉希尔德里克②的丕平王③，作为克洛塔尔国王④之女比丽兹尔德的合法继承人，竟要求拥有法兰西王冠。还有休·卡佩⑤，篡夺了洛林公爵查理的王冠，查理乃查理大帝正宗血脉的唯一男性继承人，——为使自己的要求显得合理，——不过，说真的，这纯属盗用名义，子虚乌有，——他谎称自己是查理曼⑥之女林格公主的后人，是路易国王之子，路易又是查理大帝之子。还有，国王路易十世⑦，是篡位者卡佩的唯一继承人，头戴法

---

① 莎士比亚此说依据霍林斯赫德《编年史》。

② 希尔德里克(Childeric)，即希尔德里克三世(Childeric Ⅲ，717—754)，从743年起，为弗朗西亚(Farncia)国王，直到被废黜。

③ 丕平王(King Pepin)，即丕平三世(Pepin，714—768)，亦称"矮子丕平"，查理一世之父，法兰克王国加洛林王朝的创建者。

④ 克洛塔尔国王，即克洛塔尔二世(Chlothar Ⅱ，584—629)。

⑤ 休·卡佩(Hugh Capet，939—996)，为法兰克王国卡佩王朝的第一个国王。

⑥ 查理曼(Charlemagne)，指查理二世(Charles Ⅱ，823—877)。

⑦ 国王路易十世(King Louis the Tenth)，此处为莎士比亚的讹误。按霍林斯赫德《编年史》，此处应为13世纪法兰西国王路易九世(Louis Ⅸ，1214—1270)。

兰西王冠,心绪难安,直到查明他的祖母,美
丽的伊莎贝拉王后,是前述洛林公爵查理之
女厄曼加夫人的直系后人,这才心安:凭借联
姻,查理大帝的血脉与法兰西王冠重新结为
一体[①]。所以,像夏天的太阳一样清晰可见,丕
平王的尊号,休·卡佩拥有王权,路易国王凭
血统登上王位,无一不仰仗女性的权利和名
义:就这样,法兰西历代国王承传至今,可他
们还一厢情愿,要以这个萨利克继承法,阻止
陛下您拥有母系继承权;他们宁愿网里藏身,
也不愿把从您和您先人那儿夺来的虚假的王
位继承权,公然昭示出来。

亨利五世　　我可以名正言顺、凭着良心要求这一继承
　　　　　　权吗?

坎特伯雷　　罪责恶名算我头上[②],威严的君王!因为圣经

---

　　① 按照史实,这一时段法国国王的在位时间依次为:克洛塔尔一世(Clothair
Ⅰ,558—561);希尔德里克三世(Childeric,558—561);丕平王(Pepin,752—768),
查理·马特尔(Charles Martel)之子,创立加洛林王朝;查理大帝(查理曼)(Charles the
Great,768—814),丕平之子;路易一世皇帝德博耐尔(Louis Ⅰ,le Debonnaire,
814—840),查理曼之子;查理一世(Charles Ⅰ,840—877);休·卡佩(Hugh Capet,
987—996),战胜洛林公爵查理,在路易五世(Louis Ⅴ,967—987)死后被推荐为国
王,建立卡佩王朝;路易九世(Louis Ⅸ,1226—1270)。

　　② 参见《旧约·约书亚书》2:19:"如果有人在你家里受伤害,罪就归我们。"《诗
篇》8:17:"所有作恶、拒绝上帝的人,都得下阴间。"《撒母耳记下》1:16:"你罪有应
得! 你承认杀死上主选立的王,无异替自己定了死罪。"

《民数记》里这样写着：——人死后，遗产由
女儿继承①。仁慈的陛下，捍卫自己的权利；
展开血红的旗帜；回顾您伟大的先王们：去
吧，威严的陛下，拜谒您曾祖②的陵墓，您的
权利由他那儿继承③；向他勇武的精神求助，
还要向您的叔祖黑王子爱德华求助，他在法
国的土地演过一出悲剧④，叫法军全军覆灭；
那时，他最伟大的父亲站在一座小山上，含
着笑看自己的幼狮贪婪地捕食血泊中的法
国贵族。啊，高贵的英国人！你们以一半兵
力⑤，足与法军全部精锐交战，让另一半发着
笑驻足旁观，无事可做，闲得浑身发冷！

伊利　　唤醒对这些神勇死者⑥的回忆，用您强有力
的臂膀再展他们的功勋：作为他们的继承
人，您坐在他们的王座上，令他们扬威的鲜

---

① 1611 年国王钦定版《旧约·民数记》27：8 原文为：If a man die, and have no
son, then ye shall cause his inheritance to pass unto his daughter. （"人死后，膝下无
子，遗产可由女儿继承。"）显然，出于剧情需要，莎士比亚刻意让坎特伯雷大主教漏
掉"膝下无子"一句。

② 即爱德华三世。

③ 爱德华三世是法国国王菲利普四世(Philip Ⅳ, 1268—1314)母系的后裔传人。

④ 1346 年 8 月 26 日，黑王子爱德华受命指挥英军，一举击败法军，取得"克雷
西之战"(the Battle of Crecy)的胜利。

⑤ 事实上，在"克雷西之战"中，英军以三分之二兵力与法军交战。

⑥ 这里的神勇死者指亨利五世的先祖。

血和勇敢在您的血管里流淌；而且，我神
勇无比的陛下年方青春的五月之晨①，正
值建功立业的最好时机。

埃克塞特　当世兄弟国家的君王们，无一不盼着您，
像您狮子②般的先王们那样振奋起来。

威斯特摩兰　他们都知道陛下您名义、财力、兵马样样
俱全；陛下您的确无一不备。从没哪个英
格兰国王有过更殷实的贵族、更忠诚的臣
民，他们身在英格兰，心却早已躺在法兰
西战场的营帐里。

坎特伯雷　啊，让他们的身体随心同往，亲爱的陛下，
用血、用剑、用火，去赢得您的权利。为援
助陛下，我们教会愿捐您一笔巨款，数额
比以前教会捐给先王们的任何一次都多。

亨利五世　我们不仅必须挥师进攻法国，还必须部署
军力防范苏格兰，只要有机可乘，他们便
兴兵来犯。

坎特伯雷　仁慈的陛下，北部边境的将士就是一道
墙，足以防范境外盗贼侵犯边境。

亨利五世　我指的不单是那些骑着快马的毛贼流寇，

---

① 亨利五世时年 27 岁。
② 狮子，是王权的象征，出现在王室的盾徽上。

我担心苏格兰人居心不良,苏格兰向来是我们的野蛮邻居;因为您一定读过,我曾祖,每一次在他进兵法兰西之时,苏格兰人都兴举国之兵,像决堤的海潮一样,向他毫无防备的王国倾泻,以迅猛的攻击侵扰这片失去保护的国土,把堡垒和城镇严密围困起来;因此,国防空虚的英格兰,在恶邻的敌对下震颤了。

坎特伯雷　　陛下,她①所受的惊吓超过伤害;听听她自己的有益先例:——当她的所有骑士都身在法兰西,她成了为贵族们服丧的寡妇,但她不仅守护好自身,还把苏格兰国王②像流浪狗一样抓获、关押,并押送法国,以其国王囚徒之身,为爱德华国王增威扬名,而且,把他们详实记入史册,加以歌颂,犹如海底污泥中的沉船残骸和不计其数的金银财宝。

威斯特摩兰　　有句老话,说得很对,——③

---

① "她",即英格兰。

② 1346 年,苏格兰国王大卫二世(David Ⅱ of Scotland)被英军俘获、关押。当时,爱德华三世身在法国。但事实上,大卫二世并未被押送到法国。

③ "第一对开本"中,这段话是伊利主教所说。但许多编者认定此为威斯特摩兰伯爵所言,因其在莎士比亚取材的编年史里说过类似"难道主教会反驳他的上司大主教吗?"这样的话。

> "若要赢得法兰西，
>
> 先从苏格兰下手。"

因为英格兰之鹰一旦外出捕猎，那苏格兰鼬鼠便趁机溜进她毫无防备的巢穴，吮食她高贵的蛋，扮起猫不在家的老鼠，破门而入，糟蹋东西，毁的比吃的多。

埃克塞特　照此一说，非得把猫留家里。但这种必要，其实不必；因为我们可以上锁保护家财，用灵巧的捕鼠器活捉那些毛贼。当披坚执锐之手在海外作战，明智的大脑要在家里谋求自保；因为政府，虽有上、下、次下三个阶层，各有分工，却能聚成一个整体，像音乐一样，节奏和谐，韵律天成。

坎特伯雷　的确。所以上天赋予人类不同的功能，并使之不断奋进；目标或箭靶一旦确立，便要听命行事。因为蜜蜂就这样工作，这自然界守规则的生物，把有序的行为教给人类王国。他们有一位国王①和各类官员。有些，像治安官，维持着地方秩序；有些，像商人，到海外冒险经商；还有些，像军人，拿蜂刺做武器，劫掠夏日柔软的蓓蕾，他们欢欣鼓舞一路行

---

① 亚里士多德认为，蜂王(the queen bee)是雄性。

进,把战利品带回国王的营帐;国王呢,忙着履行他的职责,在察看哼着歌的石匠建金屋顶;有序的公民正揉捏①蜂蜜,可怜的搬运工把身上的重负堆在他门口;庄严的法官用严厉的嗡嗡声,把懒散的哈欠连天的雄蜂②交给沉着脸的刽子手。我要表明这一点,——许多事,为既定的目标一起工作,方式可有不同:比如许多箭,可从多个方向,射向同一靶心;又像多条道路皆通一城;还像多条溪流汇入一条咸海;也像多条日晷线归于圆心。如此,千种行动,一经实施,目标一致,一切执行到位,万无一失。所以,进军法兰西吧,陛下。把您幸运的英格兰一分为四;您只率四分之一挥师法国,便足以威震整个高卢③。倘若我们不能以四分之三的国内兵力,将这条狗拒之门外,那就让我们在狗嘴里颤栗,将勇武之族、谋略之国的美名丧失殆尽。

亨利五世　传法国王太子④派来的使臣。(一侍从下。)现在,

---

① 指对蜂蜜进行加工。
② 雄蜂的唯一功能是使蜂王受孕;交配后即死,或被逐出蜂房后死去。
③ 原文为 Gallia,高卢,即法国。"Gallia"为"Gaul"的拉丁语名称。
④ 原文为 Dauphin,王太子,王储,1349 至 1830 年间使用的称呼。

我决心已下;再说,凭上帝神助,有你们相帮,你们是我军中的高贵支柱,法兰西本该属于我,我要叫它臣服于我,如若不然,便把它整个击碎:要么,我在那儿端坐王位,统治广阔富足的法兰西帝国,及其所有高贵的公爵的领地;要么,就把我的骸骨埋在一只不值钱的瓮里,没有坟墓,上面也没有任何纪念物;要么,未来的史书极力称颂我的业绩;要么,就让我的坟墓像一个土耳其奴隶①,空有一张无舌之口,连一行蜡刻的祭奠碑文也没有。

(法国使臣上。)

此时,我已准备好倾听我的好兄弟法国王太子有何打算。因为我听说,你们前来,是受他差遣,而非奉国王之命。

使臣甲　　陛下是恩准我们把受命所言直陈奉达,还是把王太子的想法及我们的使命点到为止?

亨利五世　　我不是暴君,是一个基督教国王;我的性情由基督教美德主宰,犹如给牢狱里的坏蛋戴上脚镣。因此,把王太子的想法,毫不掩饰、

---

① 土耳其奴隶,或指被阉割的伊斯兰教女眷内室的侍卫,为防泄密,将其舌头割掉。

毫无约束地告诉我。

使臣甲　既如此，那就长话短说。陛下最近派人去法国，以您伟大的先王爱德华三世的权利为依据，要求拥有几处公爵领地。为回应这一要求，我主王太子殿下说，您过于年轻气盛，并提出警告，在法国没什么东西凭一场轻盈的欢快舞蹈便唾手可得；——单靠狂欢进不了那儿的公爵领地。所以，为更迎合您的脾气，他送您这一箱宝物。(呈上一箱子。)希望您别再要求什么公爵领地，就算您回敬这箱宝物了。这便是王太子说的话。

亨利五世　什么宝物，叔叔？

埃克塞特　(看箱内。)网球，陛下。

亨利五世　很高兴王太子拿我如此打趣；感谢他的礼物和你们的辛劳。等我给这些球配好网球拍，我愿去法国，凭着上帝的恩典，跟他打一局，一定把他父亲的王冠打进球洞①。告诉他，跟他对局的，是个喜欢找碴儿的对手，法国的

---

① 亨利五世在此表达的是双关意，"配好网球拍"指为进军法国做好准备。"球洞"，指网球场两头墙上的豁口，将球打进豁口者，得分，其双关意指"危险"。"把他的父亲的王冠打进球洞"，意为：到时他父亲就有王冠被打掉的危险。此处的网球指古式网球，最早源于12、13世纪法国传教士在教堂回廊用手掌击球的游戏，后成为法国宫廷的一种游乐消遣，14世纪中叶传入英国，为爱德华三世所喜爱。得分方式与现代网球不同。现代网球源于19世纪70年代早期英国的草地网球。

所有球场都将因回球弹地两次①变得骚乱不安②。我很懂他的心思，他拿我过去的荒唐日子嘲弄我，却对我怎样利用了那段日子，一点判断也没有。我从不看重英格兰这可怜的王位，所以，远离宫廷逍遥，放纵自己的野性，像人们一旦离家便会找乐子一样稀松平常。但告诉王太子，我会占据王位，一旦振作起来登上法兰西王位，我就会像国王一样，扬帆展示伟大的君威王权。因为我曾把威严丢一边，像普通人一样成天东跑西颠；但我将满怀一种荣耀在法兰西崛起，以至于所有法国人都会望之目眩，是的，王太子看了我，就会刺瞎眼睛。告诉那位快乐王子，他的这一嘲弄，已把网球变成炮弹；他的灵魂将在随炮弹飞来的毁灭性的复仇中，忍受痛苦的煎熬。因为他这番嘲弄，将造成一千多失去亲爱丈夫的寡妇；母亲因嘲弄而失去儿子，城堡因嘲弄而坍塌；还有好些在腹中尚未成

---

① 弹地两次（chaces），古式宫廷网球术语，指球被对方击中墙上球洞后，弹地两次不过网，失分。在此的双关意指，等英法一旦交战，法军将连吃败仗。"chace"有"狩猎"（hunt）、"追赶"（pursuit）之意，亨利五世意在表明，一旦英法对决，他将像追逐猎物一样击败法国。

② 亨利五世在此以球场将变得骚乱不安，意指两国一旦交兵，法国全境将不得安宁。

胎、尚未落生的孩子,都将有理由诅咒王太子的这一嘲弄。但这一切全听凭上帝意旨,我会向上帝申诉。告诉王太子,我会以上帝的名义前来,尽力为自己复仇,并在一件神圣的事业中伸出我的正义之手。就此,你平安告辞吧。告诉王太子,

　　他的玩笑只是耍小聪明的逗趣,

　　有人发笑,却更有千万人哭泣。

送他们平安出境。——再会。(使臣下。)

埃克塞特　这是个令人高兴的口信。

亨利五世　我希望那个送礼的人①为此羞愧。所以,诸位大人,千万别错过远征的天赐良机;做什么事都要先祈祷,由此,现在除了想到上帝,我心里只有法兰西。因而,让我们为这一战尽快征集兵员,把一切能迅疾为我们的双翼倍增羽毛的事情想周全;

　　因为,上帝站在我们这边,

　　我们要在王太子的父亲面前惩罚他。

　　因此现在,让我们每人以此为己任,

　　把这一充满荣耀的远征,拉开序幕。(喇叭奏花腔。同下。)

----

① 送礼的人,即法国王太子。

第二幕

开场诗

(剧情说明人上。)

剧情说明人　　眼下,全英格兰青年燃斗志,华美服装卧
衣箱;现在,造盔甲的生意红火,荣誉思
想主宰每个人的心胸。此时他们卖掉牧
场去买马,像一群英格兰的墨丘利[1],脚
跟生双翅,去追随所有基督教国王的典
范[2]。因为现在,期望坐在空中,用帝王皇
冠和或大或小的冠冕[3],将一把宝剑从剑
柄到剑尖遮住,那些都许给了哈里和他

---

[1] 墨丘利(Mercury),罗马神话中主神朱庇特的使者,鞋、帽皆有双翅,行走
如飞。

[2] 指亨利五世是所有基督教国王的典范。

[3] 指王子、贵族等在正式和非正式场合戴的大冠冕和小冠冕。

的追随者①。法国人，对这支最可怖的装备精良的英军，已探知军情，惊恐颤栗，力图用胆怯的计谋转移我们的目标。啊，英格兰！——你是内在伟大的一个小模型，活像一具小身躯有一颗强大心脏，——凡伟大之事，都是荣誉叫你做的，愿你的子孙②充满荣耀，合乎天性人情！可是看吧，法兰西发现了你的缺点，他用背叛的克朗③，填满了一窝空虚的心灵；三个贪腐之人——第一个，剑桥的理查伯爵；第二个，马萨姆的亨利·斯克鲁普勋爵；第三个，诺森伯兰的骑士托马斯·格雷爵士，——为了法兰西的金子——真犯罪啊！——他们与担惊受怕的法兰西密谋，要在这位国王中的翘楚④，去南安普顿⑤登船驶

---

① 按梁实秋注，此处"冠冕遮剑"的意象，或源自霍林斯赫德《编年史》第一版中一幅纪念战争胜利图像的木刻，王冠环绕刀剑。另，或许莎士比亚见过剑桥大学圣三一学院教堂钟楼上的爱德华三世像，右手持剑，三顶王冠环绕剑刃，一顶稍高于剑柄，一顶靠近剑刃中部，一顶接近剑尖。这三顶王冠象征国王对英格兰、法兰西、爱尔兰拥有王权。

② 子孙，指所有英国人。

③ 克朗(crown)，亨利八世时铸造的一种币值五先令的金币。莎士比亚把亨利八世时代的金币，用在了亨利五世时代。

④ 指亨利五世。

⑤ 南安普顿(Southampton)，英格兰南部海岸一港口。

往法国之前动手,假如地狱和背叛信守诺
言,国王必死无疑。请您耐心仔细观瞧;穿
插剧情,我们会处理好地点变换①,把戏凑
足。收下贿赂;叛徒们商定好了;国王已从
伦敦出发。女士们先生们,场景现在换到
南安普顿,——剧场搬到那儿,现在,您坐
在那儿呐:我们要把您从那儿平安送到法
国,然后再接您回来,我会略施法术,管保
您轻松渡过狭窄的海峡②。

  因为,倘若我们能够,

  哪能叫您看戏还晕船。

  不过,得等国王出现,

  场景才换到南安普顿。(下。)

---

 ① 指把发生在伦敦与南安普顿之间,或英法之间的剧情处理好,因在舞台上变换剧情发生地点,违反了戏剧结构的"三一律"。

 ② 指英吉利海峡。

第一场

伦敦。东市街①。

（尼姆②下士与巴道夫中尉上。）

巴道夫　　尼姆下士,幸会。

尼姆　　　早安,巴道夫中尉。

巴道夫　　怎么,旗官皮斯托③还没跟你和好?

尼姆　　　对我来说,无所谓:我很少开口,但凑巧了,也
　　　　　会笑一下;——不过,这事儿说不准。我不敢舞
　　　　　刀弄剑;　只会两眼一闭,把我的铁家伙④伸出
　　　　　去。那是一把普通的剑,可那又怎么样呢?它可
　　　　　以烤干酪,它跟随便哪个男人的剑一样抗冻。

---

　　① "第一对开本"舞台提示未注明场景在东市街,提示地点不详,或在一条
街上。

　　② 尼姆(Nym),名字的字义有"窃贼""偷盗"之意。

　　③ 皮斯托(Pistol),名字发音与"pizzle"(牛等动物的阴茎)相近,故有"阴茎"的
双关意。

　　④ 铁家伙,指剑,或具性含义,暗示"肉家伙"(阴茎)。

就这么回事儿。

巴道夫　我愿请顿早餐,叫你俩和好,咱们仨结为兄弟,
　　　　一起去法国。就这么定了,好尼姆下士。

尼姆　　说实话,我愿能活多久就活多久,这没啥说的;
　　　　等哪天活不成了,我想怎么着就怎么着。这是
　　　　我留的后手①,这是最后一招儿。

巴道夫　下士,他跟内尔·桂克丽结婚了,这是真的;不
　　　　用说,她对不起你,因为你和她先订了婚。

尼姆　　我弄不清;——事情该怎样就怎样。人得睡觉,
　　　　睡的时候随身带着喉咙;有人说,刀子两面有
　　　　刃。该咋办就咋办。尽管耐性像匹受累的母马,
　　　　它还会吃力往前走。凡事总有个了结。唉,我搞
　　　　不懂。②

(皮斯托与老板娘桂克丽上。)

巴道夫　旗官皮斯托和他老婆来了。好下士,先在这儿
　　　　忍一下。——怎么样,皮斯托老板③?

皮斯托　贱杂种,你喊我老板? 现在,我以这只手起誓,
　　　　我瞧不起这称呼;我的内尔④也不招房客了。

桂克丽　以我的信仰起誓,不再招了;因为我们没法子,

---

① 此句直译为:这是我最后的手段。
② 尼姆言外之意,要找皮斯托算账,对他夺爱之恨做个了结。
③ (店)老板(innkeeper),巴道夫暗指皮斯托是"拉皮条"的客栈老板。
④ 内尔,皮斯托对妻子桂克丽的昵称。

	把一打或十四个靠针线活儿本分过日子的良家妇女留下过夜，不叫人马上认为我们开了一家妓院。(尼姆和皮斯托拔剑。)啊，天哪，圣母作证，他①若这会儿还不拔家伙！我们就会看到有人蓄意通奸、谋杀②。
巴道夫	好中尉③，——好下士，——别在这儿惹事。
尼姆	呸！
皮斯托	呸你，冰岛狗④！你这竖耳朵的冰岛狗!
桂克丽	好尼姆下士，有勇气⑤，把剑收好。(二人收剑入鞘。)
尼姆	你愿跟我一起走吗？我想和你单独在一起⑥。
皮斯托	"单挑？"狗东西！啊，卑贱的毒蛇！在你最叫人吃惊的脸上"单挑"；在你牙齿、在你喉咙里"单挑"；在你可恨的肺里，对了，在你胃里，上帝作证，更糟的，还要在你的臭嘴里，"单挑"！我要把"单挑"扔回你内脏；因为我会打火儿，皮斯

---

① "他"，指皮斯托。此处带有性暗示，桂克丽希望丈夫面对尼姆的挑衅，要把"家伙"(阴茎)硬起来。

② 桂克丽指，假若丈夫不拔剑保护自己，尼姆就会对她先奸后杀。

③ 皮斯托是旗官。此处称呼有误。或许，旗官的军衔相当于中尉。

④ 冰岛狗(Iceland dog)，一种冰岛哈巴狗(lap dog)，毛长而粗糙。此处或含性意味，皮斯托暗指尼姆像哈巴狗一样，喜欢钻女人裤裆(laps)。

⑤ 直译为：展示了你的荣誉。

⑥ 尼姆所说"单独在一起"(solus)，用的是拉丁文，与英文"alone"(单独)等同。但皮斯托不怎么识字，误以为尼姆向他挑衅，要跟他"单挑"。

　　　　　　托的家伙竖起来了,火光一闪就发射①。

尼姆　　　我不是巴巴逊②。你甭想叫我的魂儿③。我真想由着性子好好打你一顿。如果你对我说脏话,皮斯托,我就拿长剑当通条④,公正地把你清干净。你若往外挪一步,我就把你的肠子,正当地戳破⑤那么一点儿:这事儿得由着性子干。

皮斯托　　啊,卑鄙的牛皮匠,该诅咒下地狱的狂徒!坟墓裂开口⑥,宠爱你的死神临近了:拔剑吧!(二人再次拔剑。)

巴道夫　　(拔剑。)听我说,我只说一句:谁先动手,我一剑刺穿他,刺不到剑柄不收手,我是军人,说话算数。(二人收剑入鞘。)

皮斯托　　一句赌咒的狠话,就叫人消了怒气。——(向尼姆。)把你手给我,把你爪子给我。你胆子大极了。

---

　　① 此处有强烈性暗示意味,"打火儿"暗指性行为,"家伙竖起来了"暗指阴茎勃起,而"皮斯托"(Pistol)名字的字义就是"火枪"(pistol),故有"打火儿""发射"(射精)之说。

　　② 原文为 Barbason,巴巴逊,魔鬼的名字。

　　③ 直译为:你不能用符咒镇住我。或:你不能念咒召唤我。

　　④ 原文为 rapier,长剑,一种轻巧细长、适于击剑和随身佩戴的剑。通条,指清理枪膛的工具。因"皮斯托"在上句自比火枪,尼姆在此反唇相讥,表示要以剑为通条,把皮斯托"这把枪"清理干净。

　　⑤ 戳破,或具性意味。

　　⑥ 参见《旧约·以赛亚书》5:14:"阴间正张开大口要吞吃他们,把在耶路撒冷作乐的显要和狂欢的人们一齐吞灭。"

尼姆　　　不定什么时候，我会堂而皇之地割断你的喉咙。这事儿得由着性子干。

皮斯托　　"割断喉咙！"①单凭这句话，我再向你挑战。啊，克里特猎狗②，想抢我媳妇儿? 没门儿；去医院，从治可耻性病的蒸汽浴③盆里，拽出一个克瑞西达④似的患麻风病的贪婪婊子⑤，娶她，她名叫道尔·蒂尔西特⑥。我把从前的桂克丽⑦娶到手，我得守住喽，哪个女人都比不上她；——"简短截说"⑧，这就够了。去吧。

(侍童⑨上。)

侍童　　　我的店老板皮斯托，您得来看看我家主人⑩，老板娘，您也来。——他病得很厉害，只想待在床上。——好心的巴道夫，把您的脸伸他被窝

---

① 原文为法文 Couple a gorge，皮斯托没什么文化，此处法文说错了，应为 Couper la gorge，即英文 Cut the throat。

② 原文为 hound of Crete，克里特猎狗，克里特盛产猎狗，长毛，善斗。

③ 当时人们认为，蒸汽浴可以治疗性病。

④ 原文为 Cressida，克瑞西达，在古典传说里，是特洛伊国王之子特洛伊罗斯(Troilus)的不忠情人；在苏格兰诗人罗伯特·亨利森(Robert Henryson，1460—1500)的叙事诗《克瑞西达的遗嘱》(The Testament of Cressid)中，患有麻风病。

⑤ 原文为 kite，原指一种食肉猛禽，代指贪婪之人，此处指贪欲旺盛的妓女。

⑥ 道尔(Doll)，妓女常用名；蒂尔西特(Tearsheet)，有性行为之意涵。

⑦ 女性婚后随夫姓，故皮斯托在此提到已跟他结婚、随了他的姓的妻子时，为"从前的桂克丽"。

⑧ 皮斯托故意拽文，此处说的是拉丁文 pauca(简短截说)。

⑨ 福斯塔夫的侍童。

⑩ 我家主人，即福斯塔夫，《亨利四世》中亨利王子放荡岁月的伙伴。

里①，给他当个暖炉②吧。——真的，他病得太厉害了。

巴道夫　　滚开，你这小无赖！

桂克丽　　以我的信仰起誓，他早晚有一天变成一块喂乌鸦的布丁③。国王杀了他的心④。——好丈夫，赶快回家。（桂克丽与侍童下。）

巴道夫　　来，我为你们俩说和吧？我们必须一起去法国。干嘛跟魔鬼似的，非要拿刀割断对方喉咙？

皮斯托　　让洪水泛滥，把恶魔饿得嚎叫⑤！

尼姆　　　我赌钱赢你的八先令，该还了吧？

皮斯托　　欠债还钱的是奴才。

尼姆　　　我现在要你还钱；这事儿得由着性子干。

皮斯托　　那让勇气来定吧，使劲儿刺。（二人拔剑。）

巴道夫　　我以这把剑起誓，谁先刺，我杀谁。以这把剑起誓，我会的。

皮斯托　　（收剑入鞘。）剑就是誓言，誓言不可违。

巴道夫　　　尼姆下士，你若愿和解，我们就做朋友；若不

---

① "被窝里"，直译为：两条被单之间。

② 侍童挖苦巴道夫酒糟鼻子赤红脸，可以把头伸到福斯塔夫的被窝当暖炉使。

③ 布丁，一种甜食。因乌鸦吃腐肉，桂克丽以此比喻侍童早晚得死了以后喂乌鸦。

④ 在《亨利四世》（下篇）第五幕第五场，哈里王子继承王位，成为亨利五世，立即将福斯塔夫及其一伙狐朋狗友抛弃，使其加官进爵、尽享荣华的美梦破灭。

⑤ 直译为：让恶魔为寻食物而嚎叫。皮斯托以此表示，愿意跟尼姆和解。

愿,那好,你也是我的对头。请你,收剑入鞘。

尼姆　　我能拿到赌钱赢你的那八先令吗?

皮斯托　　能,我这就还你一枚金币①;我还会请你喝酒,
　　　　结下情谊,亲如兄弟。我活着为尼姆②,尼姆活
　　　　着为我。——这不很荣耀吗?——因为我要
　　　　做随军食品商,赚它一笔钱。把你手给我。

尼姆　　能给我那枚金币了吗?

皮斯托　　现金交易,丝毫不差。(付钱。)

尼姆　　那好,这事儿得由着性子干。

(老板娘桂克丽重上。)

桂克丽　　你们若是女人生的,快去看一眼约翰爵士。啊,
　　　　可怜的人!他得了"日发热""间日热"的疟疾③,
　　　　烧得浑身发抖,瞧着太可怜了。好人们哪,去看
　　　　看他吧。

尼姆　　国王对这位骑士发泄不满④,这就是真相。

皮斯托　　尼姆,你说对了,他的心碎了,强化了⑤。

尼姆　　国王是一个好国王。不过凡事自有因果;他有

---

　　① 指一枚币值六先令八便士的金币(noble)。

　　② 尼姆(Nym)名字的字义有"做贼行窃"(thieving)之双关意涵。

　　③ 疟疾发热,病理上有"日发热"(每天发热,即"日发疟")和"间日热"(隔一或两天发热,即"间日疟")之分,桂克丽不懂医学,把两种发病合在一起。

　　④ 也可译为:国王对这位骑士发了一通暴脾气。

　　⑤ 皮斯托本想表达"他的心碎了,损坏了",结果口误,用成"强化了"(corroborate)一词。

点儿任性,有点儿冲动。

皮斯托　　我们去安慰一下这位骑士;因为,我们这些羔羊①,还得活下去②。(同下。)

---

① 在基督徒的信仰里,世人都是上帝的羔羊。
② 言外之意:要比福斯塔夫活得更长久。

第二场

南安普顿。一议事厅。

（埃克塞特、贝德福德、与威斯特摩兰上。）

贝德福德　　　上帝在上，陛下胆敢信任这些叛徒。

埃克塞特　　　他们很快就会被捕。

威斯特摩兰　　他们表现得多么从容镇定！好像满怀赤诚、忠心不变。

贝德福德　　　他们做梦也想不到信使被截获,国王对他们的整个意图一清二楚。

埃克塞特　　　唉,这人曾是他的密友,深受恩宠,宠得他发腻反胃,竟为了几个外国钱,不惜叛变,出卖君主性命!（号角声。）

（亨利五世、斯克鲁普、剑桥伯爵、格雷爵士,及众侍从上。）

亨利五世　　　风向正好,我们上船。剑桥大人,——仁慈的马萨姆大人, 还有你, 我高贵的骑士, ——把你们的想法告诉我:你们不觉得我

所率军队能穿透法军防线,杀死他们,完成
我之所以集结这支军队的任务吗?

斯克鲁普　毫无疑问,陛下,只要每人竭尽全力。

亨利五世　对此我毫不怀疑;因为我坚信,随我出征之
人,无一不与我同心;留守国内之人,无一不
愿我军胜利和征服等着我们。

剑桥　从没有君主像陛下您一样更令人敬畏、受人
爱戴。我想,在您统治的芬芳绿荫下,没一个
臣民会心怀不满、心存不安。

格雷　是的。您父王那些敌人都已把怨恨浸在蜜
里,为您忠心尽责、热忱效劳。

亨利五世　所以我感铭于心,哪怕我忘了手的用处①,也
不会忘论功行赏。

斯克鲁普　因此,我们要像钢铁一般倾尽全力,不断为
陛下效命,满怀希望的辛劳催人振奋。

亨利五世　我也这样想。——埃克塞特叔叔,把昨天关
押的骂我的那人放了吧。我想他那样做,是喝
多了;脑子不清醒,才酒后失言,我宽恕他。

斯克鲁普　这是仁慈,可他太自负了。让他受罚吧,君
王;否则,您先例一开,赦免了他,此类事端
会更多。

---

① 参见《旧约·诗篇》137:5:"我若把你忘记,啊,耶路撒冷,就让我右手枯萎!"

亨利五世	啊！让我们待以仁慈。
剑桥	陛下慈悲为怀，但该治他的罪。
格雷	陛下，先让他尝到重罚的滋味，再饶他不死，便显出您伟大的仁慈。
亨利五世	哎呀！你们对我太过厚爱、关心，意在祈求我严惩这可怜之人！倘若我对他因酒后脑子不清犯的这等小错，都不能视而不见，一旦有精心策划、组织的死罪出现在我面前，我得把眼睛睁多大？——尽管剑桥、斯克鲁普和格雷，出于对我的关爱①、体贴，愿我治他的罪，我还是要放了那个人。——现在咱们议一下法国的战事：最近委任的代行王命的大臣②是哪几位？
剑桥	我是一个，陛下，照您吩咐今天前来领命。
斯克鲁普	我也是，陛下。
格雷	还有我，至尊的君王。
亨利五世	(给每人一纸文书。)那好，剑桥的理查伯爵，这是你的。——马萨姆的斯克鲁普勋爵，这是你的。——诺森伯兰的格雷爵士，还有你一

---

① 关爱(dear care)，此处 dear(温柔的)与 dire(可怕的)具双关意。此时，亨利五世对剑桥伯爵、格雷爵士和斯克鲁普勋爵这三位贵族联手意欲谋反，心知肚明，故意赦免那个酒后失言骂他之人，并无罪释放。

② 指国王远征法国期间，受命代行王权的大臣。

份。读一下，也好知道我了解你们的功绩。——威斯特摩兰大人，埃克塞特叔叔，我们今晚登船。——咦，怎么，诸位！你们脸色煞白，在文书上看到什么？——你们看，他们脸变得多厉害！面色如纸。——咦，读到什么，竟把你们吓成这样，脸上没了血色？

剑桥　　　　　　　我知罪，愿降服于陛下的仁慈。

格雷和斯克鲁普　　求陛下开恩恕罪。

亨利五世　　　　　我本有一颗鲜活的仁慈之心，却被你们的秘密击败、杀死。你们若知羞耻，必不敢谈什么仁慈，因为就像群狗反咬主人，你们的心胸被自己的论调①撕咬。——我的亲王、贵族们，看吧，——这些英格兰的怪物！这位剑桥伯爵，你们知道我对他多恩宠，与他显赫地位相称的一切，我全允准，都给了他。这个人，为捞几块臭金币，便轻易答应了法国人的阴谋，发誓将我在汉普顿②杀死。这位骑士③，从我这儿

---

① 论调，指这三位贵族叛臣在密谋杀死国王时提出不露半点仁慈。

② 汉普顿（Hampton），即南安普顿。

③ 即格雷爵士。

得到的慷慨封赏，一点不比剑桥少，竟也发誓
参与这个阴谋。——但是，啊！斯克鲁普大人，
说你什么好呢？你这残忍、忘恩、野蛮、没人性
的东西！你对我的所有秘密了如指掌，对我的
心思知根知底，只要你贪图私利，一心骗我，简
直可以利用我，把我也铸成金币①。——外国
人的酬劳怎么可能从你身上榨取一星邪火，伤
我一根手指头呢？奇怪的是，尽管事实黑白分
明摆在那儿，我的眼睛却几乎看不见。背叛与
谋杀，向来合二为一，像两个共负一轭②誓言互
助的魔鬼，为同一个目标如此公然合作，对邪
灵孽妖来说十分自然，不必大惊小怪；而你，却
违背一切常理，竟使背叛和谋杀变成奇迹；如
此不合人情蛊惑你，不管这个狡猾的恶魔是
谁，都足以当选地狱精英。别的恶魔诱人叛变，
还假装拿发光的虔诚当幌子，用计谋、外表和
外在品行，把该受诅咒下地狱的罪恶，笨手笨
脚掩饰一下；但诱惑你、叫你谋反的这个恶魔，
除了授你一个叛徒的名义，并未给你之所以谋

---

① 斯克鲁普是财务大臣。亨利五世言外之意，斯克鲁普可利用国王的信任，搜
刮钱财，中饱私囊。
② 共负一轭，指两个魔鬼被一个牛轭套住，彼此只能为了同一个目标，公然
合作。

反的动机。倘若这样耍弄你的那个魔鬼,像狮子似的在人世走一圈①,回到广阔的塔尔塔罗斯②,没准会对群鬼说:"我赢得一个人的灵魂,从未像赢得一个英国人的灵魂那样容易。"啊,你用怀疑玷污了信任的美德!人会显出恭顺的样子?咦,你就这样。他们似乎一本正经、学识渊博?咦,你就这样。他们出身名门显贵吧?咦,你就这样。他们好像是敬畏上帝的?咦,你就这样。或者说,他们饮食节俭,避免过喜、过悲之情,性格坚定,不一时冲动,衣着得体、谦逊儒雅,凡事非亲眼所见、亲耳所闻,绝不轻信妄断,是这样吧?你好像就是这样一个细筛③出来的人。既如此,你的堕落留下一种污点,使溢满美德和天赋超凡之人,也叫人怀疑了。我会为你哭泣;因为在我眼里,你这次背叛就像人类又一次堕落④。——(向埃克塞特。)这三个人罪行昭彰,逮捕他们,依法追责;——愿上帝赦免他

① 参见《新约·彼得前书》5:8:"要警醒戒备!你们的仇敌——魔鬼正像一头咆哮的狮子走来走去,寻找可吞食之人。"

② 塔尔塔罗斯(Tartar),希腊神话中地狱里暗无天日的深渊。亦指地狱。

③ 细筛(bolted),指像面粉一样细筛。亨利五世在此意在反讽斯克鲁普是一个精选出来的优雅十足之人。

④ 在基督教信仰中,人类第一次堕落指人类始祖亚当、夏娃偷食禁果,并因此被上帝逐出伊甸园。

们的罪恶阴谋!

埃克塞特　我以叛国罪逮捕你,剑桥的理查伯爵。——
　　　　　我以叛国罪逮捕你,马萨姆的亨利·斯克鲁
　　　　　普勋爵。——我以叛国罪逮捕你,诺森伯兰
　　　　　的托马斯·格雷骑士。

斯克鲁普　上帝公正,揭露了我们的阴谋,我之罪,比我
　　　　　的死,更令我后悔;我的身体要为此付出代
　　　　　价,但我恳请陛下宽恕我的罪过。

剑桥　　　对于我,——叫我动心的并非法兰西的黄
　　　　　金,但我承认,这是一个动机,立刻促使我,
　　　　　把我的意图①付诸实施。感谢上帝阻止此事;
　　　　　我会在受刑中由衷地为之欣慰;恳求上帝和
　　　　　您宽恕我。

格雷　　　最凶险的背叛被揭露,阻止我干下一件该下
　　　　　地狱的罪恶,此时此刻,没一个忠实的臣民
　　　　　比我更快乐。陛下,别饶我不死②,宽恕我的
　　　　　罪过。

亨利五世　愿仁慈的上帝宽恕你们! 听着,这是判决:你
　　　　　们勾结敌国,谋反本王,收受贿金,欲置我于
　　　　　死地;你们要出卖、杀戮你们的国王,将他的

---

① 剑桥伯爵意图拥戴埃德蒙·莫蒂默(Edmund Mortimer)为国王。
② 直译为:别饶过我的肉身。

亲王、贵族卖身为奴,叫他的臣民遭屈受辱,把他的整个王国败光毁灭。对于我本人,并不谋求报复。但王国的安全,我必须格外珍重;你们却要毁了它,我只得把你们交付国法。因此,去吧,你们这些卑贱的可怜虫,去受死吧。愿仁慈的上帝给你们耐性,经受死神的考验,真心忏悔一切可怕的罪行!——把他们带走!(剑桥、斯克鲁普与格雷被押下。)——现在,诸位,向法兰西进军。这场战事对你们、对我同样荣耀。我毫不怀疑,这将是一场光荣、成功之战,因为上帝如此荣耀,揭露了潜伏在路上、阻碍我们进军的这一凶险叛逆。我现在毫不怀疑,前进路上的一切障碍都已铺平。那么,亲爱的同胞们,出发吧:让我们把军队交给上帝之手①,立即行动。

开心去海上,高举起战旗;

若不称法王,誓不做英王②。(喇叭奏花腔。同下。)

---

① 参见《旧约·诗篇》31:14—15:"上帝啊,我依然依靠你,我终身之事在你手中,求你救我脱离仇敌和迫害我的人。"

② 直译为:若不在法兰西称王,也不做英格兰国王。

第三场

伦敦。东市街一酒店前。

（皮斯托、老板娘桂克丽、尼姆、巴道夫，及侍童上。）

桂克丽　　求你了，亲爱的宝贝丈夫，让我陪你去斯坦斯①
　　　　　吧。

皮斯托　　不；因为我这颗强壮的心够悲伤的了；——巴
　　　　　道夫，开心点儿。——尼姆，打起精神；——孩
　　　　　子们，鼓足勇气。——因为福斯塔夫一死，我
　　　　　们还得赚钱呐。

巴道夫　　甭管他在哪儿，天堂还是地狱，我愿与他相伴。

桂克丽　　不，当然，他不在地狱，他在亚瑟怀里，假如真
　　　　　曾有人投在亚瑟怀里②。没人死得比他更好了，

---

　　① 斯坦斯（Staines），通往南安普顿一城镇，位于伦敦以西 17 英里。
　　② 亚瑟的怀抱（Arthur's bosom），为"亚伯拉罕的怀抱"（Abraham's bosom）之误
用。故此，莎研者有两种解释：1."亚伯拉罕的怀抱"即天堂之代称；2.指"亚瑟王的怀
抱"，即在桂克丽脑子里，福斯塔夫骑士死后，投在亚瑟王的怀抱，加入了其他圆桌骑
士的行列。此处是对《圣经》的化用，参见《新约·路加福音》16：22："后来那讨饭的（拉
撒路）死了，被天使带到亚伯拉罕的怀里。"

像一个还没出满月的婴儿；刚好在十二点和一点之间咽气，正是落潮的时候①：我眼见他摸索被单，玩儿那些花②，冲着手指尖微笑，就知道只有那一条道儿了；因为他鼻子尖得像一支鹅毛笔③，嘴里念叨着绿色原野④。"约翰爵士，这会儿怎么样啊？"我问他，"怎么样，爷们儿，打起精神来。"于是，他叫起来，"上帝啊，上帝啊，上帝啊！"连叫三四遍。这时，为宽慰他，我叫他别想上帝，不该动这念头儿。于是，他叫我在他脚上多盖几条毯子。我把手伸进被子，一摸，两只脚像石头一样凉。然后，摸他膝盖，再顺着往上，再往上，整个身子都冷得像块石头。

尼姆　　　听说他还叫骂萨克酒⑤。

桂克丽　　唉，骂了。

巴道夫　　还骂女人。

---

① 亚里士多德之后西方的迷信说法，认为病危之人将在落潮时死去。

② 用于保持病房空气清新的花。

③ 鹅毛笔，以此代指临死之前的福斯塔夫的鼻子又白、又冷、又尖。

④ 这句话按"第一对开本"译，则为：他鼻子尖得像绿色赌桌上的一支鹅毛笔 (for his nose was as sharp as a pen on a table of green fields.)。1726 年，莎士比亚戏剧家编辑家西奥博尔德 (Lewis Theobald, 1688—1744) 将其改为 for hin nose was as sharp as a pen, and a' babbled of green fields. 此处或化用《圣经》，参见《旧约·诗篇》23：2："他（耶和华）使我躺在青草地上，/ 领我到静谧的水边。"(He makes me lie down in green pastures; he leads me beside still waters.)

⑤ 萨克酒(sack)，一种西班牙白葡萄酒。

桂克丽　　不,那倒没有。

侍童　　　是的,他骂了;说女人是魔鬼的化身。

桂克丽　　他根本受不了康乃馨①,从没喜欢过那颜色。

侍童　　　有一次他说,魔鬼会因为他玩女人把他抓走。

桂克丽　　聊起女人,的确,他说过这类话,可他那时候得
　　　　　了风湿病②,在胡扯巴比伦妓女③。

侍童　　　你不记得吗,他见巴道夫鼻子上粘了一只跳蚤,
　　　　　就说那是在地狱之火中燃烧的一个黑色灵魂④。

巴道夫　　好啦,如今供着烧这股火儿的燃料没了。那是
　　　　　我孝敬他攒下来的全部财富⑤。

尼姆　　　咱们动身吧? 国王要从南安普顿出发了。

皮斯托　　走,咱们开路。——我的爱,让我吻你的唇。
　　　　　(吻。)把我值钱的东西盯紧喽;遇事动脑子,机
　　　　　灵着点儿;照俗话说的"付现金,不赊账"⑥;谁

---

①　化身(incarnation)和康乃馨(carnation)两词发音相近,桂克丽听错弄混了。

②　桂克丽没什么文化,原本想说福斯塔夫当时已"精神失常,胡言乱语"(lunatic),结果口误,说成"得了风湿病"(rheumatic)。

③　在马丁·路德(Martin Luther, 1483—1546)宗教改革以后,"巴比伦妓女"成为腐烂的罗马天主教会的流行形象。在《圣经》中,这也是新教徒对罗马天主教会的蔑称,参见《新约·启示录》17:5:"她（妓女）额上写着一个隐秘的名号:'大巴比伦——世上淫妇和一切可憎物之母!'"

④　福斯塔夫讥讽巴道夫的酒糟鼻子为"地狱之火"。黑色灵魂,代指堕入地狱的罪人的灵魂。

⑤　供着烧这股火的燃料,指福斯塔夫生前给巴道夫喝的、让他鼻子发红的萨克酒。"财富",巴道夫以此调侃自己的酒糟鼻子。

⑥　这句话按"第一对开本"译,则为:在这个世上,"只认现金,概不赊账"。

也别信;因为誓言如稻草,男人的信仰就是薄脆饼;最好的看门狗,便是一抓在手①。因此,我的宝贝儿,得把"一切留神"②当顾问。去吧,擦干眼泪。——全副武装的伙伴们,让我们杀向法兰西;像大蚂蟥③一样,小伙子们,去吸,去吸,拼命吸他们的血!

侍童　　听说,吸人血对身体有害。

皮斯托　碰一下她柔弱的嘴,开拔了。

巴道夫　(亲吻。)再见,老板娘。

尼姆　　我不能亲,这事儿得由着性子干;不过,告辞。

皮斯托　管好家。我命你,别出门④。

桂克丽　再见,告辞。(众人分下。)

---

① 旧时谚语:"吹牛是好狗,抓牢更可靠。"(Brag is a good dog, but Hold-fast is a better.)

② "一切留神"(Caveto),此为拉丁文。

③ 参见《旧约·箴言》30:15:"蚂蟥有两个女儿,名字都叫'给我!'。"

④ "别出门",皮斯托意在提醒桂克丽要遵妇道、守贞节,别出门给他戴绿帽子。

第四场

法国。王宫内一室。

(喇叭奏花腔。国王偕众侍从;王太子、贝里公爵与勃艮第公爵①,大元帅,及
其他上。)

法国国王　　英国人就这样全力向我们进攻;强力防御
　　　　　　对我们至为重要。因此,贝里公爵、勃艮第
　　　　　　公爵②、布拉班特公爵和奥尔良公爵,——还
　　　　　　有你,王太子,——立即行动,火速发兵,用
　　　　　　精兵良将和防御物资,加强、新修我方战备
　　　　　　城镇的防御设施;因为英格兰进攻凶猛,犹
　　　　　　如激流吸进一个漩涡。这倒适合我们,我们
　　　　　　要深谋远虑,因为恐惧带给我们教训:我们
　　　　　　曾被致命低估了的英国人, 在我们的战场,

---

① 在"第一对开本"中,此为布列塔尼公爵(Duke of Bretagne)。
② "第一对开本"此处为布列塔尼公爵,"剑桥版"此处为波旁公爵。此处按"牛
津版"。

留下战败的先例①。

王太子　　我最崇敬的父王,武装御敌,乃当务之急。因
　　　　　为,即便没有战争或值得在意的公然冲突,一
　　　　　个王国也不该身处和平,如此麻木,而应当维
　　　　　持防御、征募新兵、时刻备战,仿佛战争一触即
　　　　　发。所以,依我看,我们全部出发,巡查法国的
　　　　　病弱环节:我们万不可惊慌失色;——不,就好
　　　　　像我们只是听说,英格兰正忙着跳圣灵降临节
　　　　　的莫里斯舞②。因为,高贵的陛下,英格兰由一
　　　　　个如此不中用的国王统治,由一个虚荣、善变、
　　　　　浅薄、任性的年轻人如此异想天开地执掌王
　　　　　权,毫不足惧。

大元帅　　啊,别说了,王太子殿下!您把这位国王看错
　　　　　了。殿下,问一下您最近派去的使臣,——他在
　　　　　听取他们的使命时,是何等威严;他身边有多
　　　　　少高贵的忠臣,他们提出异议时有多么委婉;
　　　　　还有,他坚定的决心有多么令人恐惧,——您

---

　　① 此处尤其指在英法百年战争中,黑王子率英军分别于 1346 年、1356 年两次
击败法军, 取得 "克雷西之战"(the Battle of Crecy) 和 "普瓦捷之战"(the Battle of
Poitiers)的胜利。
　　② 圣灵降临节(Whitsun),也称五旬节(Pentecost),是复活节后的第七个礼拜天。
莫里斯舞(Morris-dance),古老的英格兰民间舞蹈,由男性佩戴铃铛表演,有小提琴、
六角手风琴等伴奏,舞者通常代表民间传说中的角色。据说,这一舞蹈是由冈特的约
翰(John of Gaunt)从曾统治西班牙的摩尔人(即当时的摩尔王国)那里传回英格兰的。

就会发觉，他以前干那些荒唐事，只是罗马人布鲁图斯的外貌①，拿一件愚笨的外衣遮住睿智；真好比园丁用粪便藏起的那些根茎②，必先萌发最娇嫩的蓓蕾。

王太子　哎呀，大元帅阁下，并非如此；不过，这样想，倒也无所谓。打防御战，最好高估敌人实力，这有利于做足战备，如果防御措施过于薄弱、小气，那便像一个吝啬鬼，为省一丁点儿布料，毁了一整件衣服。

法国国王　让我们把哈里国王视为强敌，诸位王公贵族，要确保以强大的军力对付他。他的亲族曾尝了血腥的滋味追猎③我们；他就是在我们自家熟悉的路上，那追逐我们的嗜血家族养大的。当年克雷西之战④惨败，我方所有王公贵族，都成了那个恶名叫威尔士的黑王子爱德华⑤的俘虏，这是永记不忘的奇耻大辱；

---

　　① 此处指公元前六世纪的古罗马贵族卢修斯·朱尼厄斯·布鲁图斯(Lucius Junius Brutus)，他为替父兄报仇，装疯卖傻，于公元前509年，将罗马王国(Roman Kingdom)第七任国王"骄傲的塔克文"卢修斯·塔克文·苏佩布(Lucius Tarquinius Superbus，?—前495)推翻、驱逐，缔造罗马共和国，并担任第一任执政官。此处"布鲁图斯的外貌"，即指布鲁图斯装疯卖傻的愚笨样子。

　　② 指用粪便给花草施肥。

　　③ 此为狩猎用语，指猎人用血腥的肉喂食猎狗，以激发猎狗追逐。

　　④ 即1346年8月26日的"克雷西之战"，英王爱德华三世大胜法军。

　　⑤ "黑王子"爱德华的绰号源于他作战时惯穿一身黑色盔甲，并非因其皮肤黝黑。据记载，"黑王子"面色白皙，一双蓝眼睛，头发淡色。

那时,他那位体壮如山的父亲①,站在一座小山上,高居半空,金色阳光照在头顶,——看他英雄的儿子,微笑着,看他残害生灵,损毁上帝和法兰西父老历时二十年打造的典范②。这个国王便是那胜利的树干的一根树枝③;对他天生的勇武和命运④,我们要当心。

(一信使上。)

信使　　　英格兰哈里国王派来的使臣请求觐见陛下。

法国国王　　立刻召见。去,带他们来。(信使及若干贵族下。)朋友们,你们看,他追猎追得紧啊!

王太子　　　转头⑤,叫他停止追猎;因为当那些好似受惊的猎物在前面跑的时候,狗群才叫得最欢。仁慈的陛下,尽速行动,给英国人迎头一击,让他们见识您是一位多了不起的君王。陛下,自爱,与缺乏自尊相比,并非卑鄙之罪。

(贵族等偕埃克塞特及随从等上。)

法国国王　　是我兄弟英格兰国王派来的?

埃克塞特　　是他派的;他向陛下致以问候。他以万能的

---

① 爱德华三世身材魁梧,像一座小山。此处或暗指爱德华三世出生在多山的威尔士。

② 指历时二十年造就的法兰西一代精英。

③ 意即亨利五世与爱德华三世血脉同宗,是其血统的一个支脉。

④ 命运,指命中注定的要完成的功业。

⑤ 转头(turn head),狩猎术语,指被追逐的猎物停止奔跑,转身面对追猎者。

上帝之名，命你自行卸下、放弃那些借来的，凭天意、照国法，理应属于他和他子孙的荣耀；也就是，王冠，以及按习俗和由来已久的法律，一切深远的、从属于法兰西王冠的荣耀。为便于你明白，这并非什么不合常规或蓄意歪曲的要求，既不是从岁月久远的虫蛀文件堆拎出来，也不是从遗忘的古旧尘埃里耙出来的，他送你这份最值得纪念的家谱，

（递一文件。）其中每一支脉赫然在目；愿你看一眼这份家谱。等你一经发现他是最最荣耀的祖先爱德华三世的直系后裔，他便叫你放弃从他这个与生俱来的真正继承人手里，非法夺去的王冠与王国。

法国国王　否则，怎样？

埃克塞特　刀光剑影；哪怕你把王冠藏心里，他也要去那儿把它耙出来①：因此，他像周甫②似的，在霹雳和地震中，如凶猛的暴风雨一样袭来③，倘若要求落空，便武力相迫；他要你，以上帝

① 耙出来（rake for），本义指像耙子耙一样的搜索。

② 周甫（Jove），即罗马神话中的主神朱庇特（Jupiter），以雷霆霹雳为武器。

③ 参见《旧约·出埃及记》19：16—18："雷电交加，一朵密云在山上出现……整个西奈山笼罩在烟雾中，因为上帝在火中降临。"《以赛亚书》29：6："上主——万军的统帅，要用猛烈的雷轰和地震，要差遣暴风、巨浪和吞噬的火焰，向他讨罪。"

的仁慈为怀,交出王冠,怜悯那些可怜的灵魂,饥饿的战争张开巨嘴要吃掉他们。寡妇的泪水、婴儿的哭嚎、死人的血、憔悴少女的哀吟,这罪责全落在你头上,因为那些丈夫、父亲和订了婚的情郎们,都将被这场争斗吞噬。这是他的要求、他的威胁和我受命转达的口信;——如果王太子在这儿,还要向他特致问候。

法国国王　对我而言,容我考虑一下。明天你可以把我的整个意图带回给我的兄弟英格兰国王。

王太子　至于王太子,本人在此。英国国王对他有何话说?

埃克塞特　只有轻蔑、鄙夷、蔑视、轻视这类词,凡从我伟大国王口中说出的不失体面的话,都适于评价你。我的国王对你说:假如你父王不答应我方全部要求,缓解你对我国王陛下的尖刻愚弄①,他要叫你为此遭受猛烈惩罚,等他大炮一响,全法国的洞窟和空穴都将用回声痛斥你的罪过,偿还你的嘲弄。

王太子　假定来说,就算我父亲给出令人愉快的答

---

① 第一幕第二场,王太子派使臣前往英格兰,送亨利五世一箱网球,加以轻慢嘲弄。当时奉命开箱查看之人,正是埃克塞特。

复，也与我意愿相违。因为除了与英格兰国
王冲突，我别无所愿。为了这个目的，我才送
他一箱巴黎网球，正与他的青春、虚荣相配。

埃克塞特　他要叫你们的巴黎卢浮宫，强大欧洲首屈一
指的宫廷①，为这一箱网球震颤。放心吧，你
会像我们本国臣民一样惊异地发现，当时人
们对这个疯狂青年的预期，和他现在治国理
政的实际情形，决然不同。现在，他最大限度
地利用时间。这一点，只要他待在法国，你们
会从自己的失败中领略到。

法国国王　明天我把整个意图告诉你。

埃克塞特　把我们尽快打发走，不然，我们的国王要亲
自来这儿，责问为何迟延；因为他已踏足这
片土地。

法国国王　你们会很快带着令人满意的条款返回。答复
这一决定未来命运的大事，一夜工夫只不过
短瞬之间。（喇叭奏花腔。众下。）

---

① 此处，法语的"卢浮"（Louvre）与英文的"情人"（lover）谐音双关。"首屈一指的
宫廷"（mistress-court），亦有"情妇"（mistress）、"情人"（lover）之意涵。

第三幕

开场诗

(剧情说明人上。)

剧情说明人　　　凭着想象的翅膀，飞速转换场景，移动之快一点儿不比思想慢。想象您已亲眼目睹顶盔掼甲的国王在汉普顿①码头登船；他勇敢的舰队的华贵战旗，迎着福玻斯炽热的面容②猎猎飘扬。放纵您的想象力，您会瞧见水手们攀上麻索③；听到大副④用尖锐的口哨向嘈杂的喧嚣声发指令；眼瞅着亚

① 在"第一对开本"中，此处为"多佛码头"(Dover pier)，显然有误，因前边提到国王将于南安普顿(即汉普顿)登船。由此可看出当时莎士比亚写戏及剧团排演之仓促。

② "福玻斯炽热的面容"(youth Phoebus)，意即初升的朝阳。福玻斯(Phoebus)，即希腊神话中的太阳神阿波罗(Apollo)。

③ 麻索(the hempen tackle)，由麻制成的绳索。

④ 船长的主要助手。

麻布的船帆，被无形的清风吹得张开，拖着巨大的战船破浪出海①。啊！想象一下，您站在岸边，看一座城市②在起伏不定的波浪上跳舞；因为这雄伟的舰队就像这样，驶向哈弗勒尔③。跟去吧，跟去吧！把您的心系在船尾；离开您的英格兰，它像夜半一样沉寂，守卫它的老弱妇孺，要么年老体衰，要么不够强壮。因为哪个刚一露出胡茬儿的男人，不愿跟随精挑细选的精锐之师去法兰西？创造，创造您的想象力，您能在想象中看到一场攻城战，看那儿架好大炮，要人命的炮口，对准了被围困的哈弗勒尔。想象一下，使臣从法国返回，告知哈里④，法国国王打算把女儿凯瑟琳嫁给他；拿几个无利可图的小小公国给她做陪嫁。这个提议惹他生气。敏捷的炮手现在用火绳杆⑤点燃魔鬼般的大炮，（内响起战

---

① 直译为：拖着巨大的船体犁出浪迹（Draw the huge bottoms through the furrowed sea）。本义指巨大的船底在浅滩犁出沟槽。

② 此处把一艘战船比作一座城市。

③ 哈弗勒尔(Harfleur)，法国港口，位于塞纳河口。

④ 即亨利五世。

⑤ 火绳杆(linstock)，旧时点燃火炮的工具。

斗警号，火炮①发射。）一切灰飞烟灭。

请您把表演的不足，

尽情用想象来弥补。（下。）

---

① 火炮(chambers)，此处专指小型火炮(small cannons)。

第一场

法兰西。哈弗勒尔城下。

（亨利国王、埃克塞特、贝德福德、格罗斯特上。战斗警号。众士兵将云梯架上哈弗勒尔城墙。）

亨利五世　再冲一次那个突破口，亲爱的朋友们，再冲一次；否则，英国人只能用尸体把这城墙围困！和平时期，人之为人，莫过于适度静默和谦恭，但当战争的狂风吹过耳际，我们就要模仿老虎的动作。绷紧肌肉，激起热血，用丑陋的狂暴掩盖美好的天性。然后目露凶光，让眼睛像铜炮似的，透过头上的观察孔向外窥探。让悬在眼睛上的眉毛，令人恐惧得像一块受过磨损的巉岩，孤悬着凸伸出去，俯视被狂野的、毁灭性的海洋冲蚀的荒废山脚。现在，咬紧牙，张大鼻孔，深憋一口气，绷紧全身每一分勇气！——冲啊，冲啊，最高贵的英国人！你们的热血是久经疆场考验的父辈传下来的！——父辈们曾像亚历山大[①]一样，在这一带血战，从早杀到晚，直到把敌人杀得一个不剩，才刀剑入鞘。——莫让你们的母亲蒙羞[②]：现在证明，确实是你们喊做父亲的那些人生了你们。现在，给那些出身低微之人做个榜样，教他们如何打仗！——你们，好样儿的自耕农[③]，你们的四肢是英格兰造的，在这儿向我显出你们土生土长的特性吧；我发誓你们配得上生养你们的土地。我对此毫不怀疑。因为你们没一个低贱之辈，没一双眼睛不闪烁高贵。我看你们站在这儿，活像被皮带勒紧的猎犬，随时准备出击。猎物在移动：

由着你们的血性，炮响一声，高喊：

"上帝保佑哈里、英格兰与圣乔治！"[④]（内战斗警号。火炮发射。众下。）

---

① 即亚历山大大大帝（Alexander the Great，前356—前323），古希腊马其顿王国的国王，被誉为欧洲历史上最伟大的四大军事统帅之首（亚历山大、汉尼拔、恺撒、拿破仑），一生征战，统一希腊全境，占领埃及，荡平波斯，大军挺进到印度河流域，征服面积约达500万平方千米，曾感叹世界再无可征服之地。

② 亨利五世意在激励士兵，暗示：假如你们拿不出勇气，便证明你们的母亲跟别的男人私通，你们不是你们勇敢的父亲所生。

③ 自耕农（yeoman），或自由民，拥有土地，身份低于绅士。

④ 圣乔治（Saint George），英格兰的守护神。

第二场

同上。

(尼姆、巴道夫、皮斯托,与侍童上。)

巴道夫　　冲啊,冲啊,冲啊,冲啊! 冲向突破口,冲向突破口!

尼姆　　　求你了,下士,等一下:攻得太猛了;拿我来说,命只有一条。炮打得太任性了①,这可是实情。

皮斯托　　你这实情说得最对,炮打得太厉害。攻过来,打回去,上帝的仆人倒地就死,

　　　　　　　(唱。)刀剑与盾牌,

　　　　　　　　　　在血腥疆场,

　　　　　　　　　　赢不朽声名。

侍童　　　真愿我在伦敦的一家啤酒馆儿! 我愿拿一切声名换一壶麦芽酒和平安。

---

① 尼姆的口头禅是"这事儿得由着性子干",前文曾多次出现。

皮斯托　　我也是：

　　　　　　　（唱。）我若能心随所愿，

　　　　　　　　　　别叫我念想落空，

　　　　　　　　　　只愿赶快去那儿。

侍童　　　　（唱。）嘴上说的倒是巧，

　　　　　　　　　　但那没什么荣耀，

　　　　　　　　　　像枝头唱歌的鸟。

（弗艾伦上。）

弗艾伦　　（用剑驱赶他们。）冲上突破口，你们这几个狗东
　　　　　西！快滚，你们这几个贱货！

皮斯托　　大公爵①，对我们这些尘俗小民发点儿慈悲。您
　　　　　息怒，消消勇敢的怒气，大公爵，您息怒！好伙
　　　　　计，消消您的怒气。宽厚点儿，亲爱的小乖乖！

尼姆　　　他这脾气算好的。——你好言好语招来臭脾
　　　　　气。②（除侍童外，众下。）

侍童　　　别看我岁数小，我算把这三个牛皮匠看透了。
　　　　　我是他们仨的侍童，可他们仨加一块儿，都来
　　　　　伺候我，也不够格儿；说实话，这仨小丑没一
　　　　　个够得上爷们儿。提起巴道夫，——胆儿小，

───────────

　　① 大公爵（great Duke），此处可能是皮斯托误以为弗艾伦是指挥攻城的格罗斯
特公爵，也可能只是泛指，以为弗艾伦是个什么大官。

　　② 此句可能是尼姆对皮斯托所说，也有可能是尼姆对弗艾伦所说。若是后者，
则译为：您叫所有人不开心。

赤红脸;有本事瞎诈唬,却不敢动手。皮斯托嘛,——他有一条残忍之舌和一把安静之剑;凭舌头跟人斗嘴,武器从来不用。至于尼姆,——他听人说,谁话最少谁最勇敢①,这不,生怕被人当成懦夫,连祷告都不屑一顾。他坏话说得少,好事做得也少,还算匹配;除了自己的脑袋,从没打破过别人的头,那回他喝醉了,头撞在一根柱子上。他们什么都偷,管那叫战利品。巴道夫偷过一个琴盒子,带着它走了三十六里②路,卖了三个"半便士"③。尼姆和巴道夫在偷东西上是把兄弟,他俩在加来④偷过一把火铲。据我所知,捞那件军功的人能显出是懦夫。——他们叫我偷人兜儿,要像偷人手套或手帕一样顺手,可掏了别人兜儿,把东西放我兜儿,太不够爷们儿;这分明是拿赃物中饱私

---

① 参见《旧约·箴言》10:19:"多言多语难免犯罪;约束嘴巴便是智慧。"17:27—28:"明智之人沉默寡言;/ 通达之人心气平和。/ 愚拙之人少言算聪明;/ 默不作声便是明智。"《传道书》5:2:"开口之前先想一下,不要轻率向上帝许愿。他在天上,你在地下,所以你用不着喋喋不休。思虑多,恶梦也多;言语多,易显出愚蠢。"

② 指英里(mile)。

③ 三个"半便士"(three halfpence),指三个"半便士"的铜币。若按 three-half-pence,则为三个半便士相加,即"一个半便士"。

④ 加来(Calais),法国北部一港口城市,1347—1558 年被英国占领。此处,可能是侍童随口一说。若非如此,则可能是莎士比亚的笔误,因尼姆和巴道夫此时还没到达加来,无从"在加来偷过一把火铲"。

囊。我非离开他们不可,去谋点儿别的好差事。

他们的恶行叫我反胃,我一定得吐出来。(下。)

(高尔①及弗艾伦上。)

高尔　　弗艾伦上尉,您必须立刻下坑道②;格罗斯特公
　　　　爵有事找你谈。

弗艾伦　去坑道? 您告诉公爵,下坑道可不是闹着玩儿
　　　　的,因为您得留心,这坑道不是按打仗常规挖
　　　　的;深度不够;因为您得留神, 敌人的坑道,
　　　　——不妨跟公爵直说,您留神,挖得比我们的,
　　　　还深四码。我以耶稣③起誓,若没办法应对,我
　　　　们全得炸飞。

高尔　　坑道全是奉命攻城的格罗斯特公爵,按一个爱
　　　　尔兰人的方案弄的,——凭信仰起誓, 一个十
　　　　分神勇的绅士。

弗艾伦　那是麦克莫里斯上尉,是不是?

高尔　　我想是他。

弗艾伦　以耶稣起誓,他是一头蠢驴,世上最蠢的驴! 我

---

　　①　在此出场的四位军中上尉,按当时历史,均来自并分别代表四个不同国家:
弗艾伦代表威尔士,麦克莫里斯代表爱尔兰,杰米代表苏格兰,高尔代表英格兰,因
此,前三位的英语各带浓重乡音,且语法各异,其复杂微妙处,中文无法译出,只可意
会不可言传。

　　②　坑道(mines),指在被围困城池的城墙下挖掘坑道,以便掩埋炸药,爆破攻城。

　　③　此处“耶稣”(Jesus)拼写为“Cheshu”,意即弗艾伦说话带有浓重的威尔士
口音。

敢当着他的面证明他就是蠢驴。您得留神,他对于真正的打仗常规,也就是罗马战法①,并不比一条小公狗懂得多。

(麦克莫里斯与杰米上尉上。)

高尔	他来了;跟他一起来的,还有那个苏格兰人,杰米上尉。
弗艾伦	杰米上尉是个特别勇敢的绅士,真没说的;他博学多闻,精通古代战法,我亲自领教过他的作战部署。以耶稣起誓,一提罗马人早先打仗的战法,他辩论起来,绝不输给世上任何一个军人。
杰米	我说您今天可好②,弗艾伦上尉。
弗艾伦	跟阁下您道晚安,好杰米上尉。
高尔	怎么样,麦克莫里斯上尉!您离开坑道了?工兵把坑道挖好了?
麦克莫里斯	以基督③起誓,坑道没挖好,工事不挖了,吹响了收兵号。我以这只手,再加上我爹的灵魂起誓,这工事弄糟了;不挖了。我本来能凭基督保佑,用不了一小时,就炸掉这座城。啊,糟透了,糟透了;以这只手起

---

① 罗马战法(Roman disciplines),即不过分依赖火炮的传统战术。
② 杰米是苏格兰人,把"好"(good)的发音说成'gud'。
③ 爱尔兰人麦克莫里斯把基督(Christ)的发音说成'Chrish'。

誓,糟透了!

弗艾伦　　麦克莫里斯上尉,我现在恳求您,可否允许我,请您注意,跟您聊几句,部分触及或涉及战法,罗马人打仗的战法,争论也行,请您注意,恳谈也成。——一来满足我的意见;二来满足,请您注意,我的心愿,事关战术方略,这才是关键。

杰　米　　那太好了,说实话,两位好上尉。如蒙允许,我也找机会报答一下①;以圣母玛利亚起誓,我会的。

麦克莫里斯　基督救我,眼下没时间闲扯。这么热的天,天气、打仗、国王,还有公爵们。眼下没时间闲扯。城被包围了,军号招呼我们冲向突破口;我们却在闲聊,无所事事,基督救我。这是我们所有人的耻辱。上帝救我吧,以这只手起誓,站着不动就是耻辱,丢人。有多少喉咙等我们去砍,多少事等我们去做,我们却什么也没做。基督救我,啊②!

杰　米　　我以弥撒起誓,闭眼睡觉之前,我得好好

---

① 杰米是苏格兰人,英文表达笨拙,他的意思是:如蒙允许,我也找机会说说我的看法。

② 原为"啦"(la),表示强调以引人注意的惊叹词。有的译为"唉"或"咳"。

卖把子力气①,不然,我就倒地上了;唉,再不然,死了算了。尽我所能,勇敢效力,我一定说到做到。总而言之,就是这样。以圣母玛利亚起誓,我真想听听你们之间怎么争来争去。

弗艾伦　麦克莫里斯上尉,我觉得,您注意,若蒙您允准,这儿没多少您贵国的人,——

麦克莫里斯　我贵国?我贵国又当如何? 恶棍、杂种、流氓、无赖②。我贵国招惹谁了?谁议论我贵国?

弗艾伦　您当心,如果您把我意思想歪了,麦克莫里斯上尉,八成我会以为您有失慎重,没按原本应该有的那个亲切样子对待我。您留神,甭管打仗战法、出身来历,还是别的什么特性,我都是跟您一模一样的好汉。

麦克莫里斯　我真不晓得您是跟我一模一样的好汉。愿基督保佑我,我要砍掉您脑袋。

高尔　二位,你们彼此误会了。

杰米　唉!那可倒大霉啦。(谈判的号角。)

---

① 参见《旧约·诗篇》132:3—5:"在我为上主找到地方,为雅各的全能上帝找到住处以前,我决不进我的家;我决不睡觉,也决不打盹。"

② 在此,或有两种可能:1.指斥批评爱尔兰的人是恶棍;2.爱尔兰人一直被别国诬为恶棍。

高尔　　　城里吹响谈判的号角。

弗艾伦　　麦克莫里斯上尉，等啥时候找个您合适的更好机会，您留神，我一定大着胆子告诉您，我懂打仗的战法，话到此打住。（同下。）

第三场

同上。哈弗勒尔城门前。

[(法方)总督及若干人在城墙上;(攻城的)英军在下。亨利国王及侍从等上。]

亨利五世　　城里的总督还没决定①? 这是我允准的最后一次停火谈判。所以,接受我最大的仁慈,否则,就像那些毁于自傲之人,把能使的手段都使出来②,拼死抵抗。因为,作为一名军人,——在我心里, 这个称谓最适合我,——一旦我再次发起炮击,若不把这攻下一半的哈弗勒尔城埋入灰烬,决不收兵。仁慈的大门将全部关闭③,能征惯战的士兵,——良知犹

---

① 可有另一译法:城里的总督还那么死硬?

② 此为一种用来挑战的习惯性用语。梁实秋译为:顽抗到底,尝尝我的厉害。

③ 参见《旧约·诗篇》77:9:"难道上帝已忘记开恩? / 难道愤怒已取代他的怜悯?"

如敞开的地狱，满怀粗暴之心，——伸出血腥的手肆意屠戮；把你们姣好的处女和茂盛的婴儿，像割草一样杀光除净。假如罪恶的战争，像队列整齐浑身冒火的魔鬼①，露着被硝烟熏黑的脸②，干下使一切荒废与凄凉的残忍暴行，那与我何干？假如你们的清纯处女，落入淫欲和残暴之手，那是你们自己作孽，与我何干？当有人向山下猛冲，什么缰绳③能勒住放荡的邪恶？让我下令被激怒的士兵不要劫掠，活像给利维坦④传令叫它上岸一样无效。因此，哈弗勒尔的将士们，趁我的士兵还听从我的命令，要怜悯这座城池和城中百姓；趁此时，清凉、温和的仁慈之风，还能吹散暴力、凶杀、劫掠、恶行的污浊毒雾。如若不然，哼，转瞬之间，你们就将看

---

① 亨利五世意在表明，英军士兵在哈弗勒尔城门下严阵以待，随时发起魔鬼般毁灭性的进攻。

② 按传统说法，魔鬼面黑如矿工。参见《新约·马太福音》9：34："可是，法利赛人说：'他是仗着鬼王来赶鬼的。'"12：24："法利赛人听见这话就说：'他会赶鬼，无非是依仗鬼王别西卜罢了。'"

③ 缰绳（rein），与"统治"（reign）具双关意。

④ 利维坦（liviathan），《圣经》中象征邪恶的巨大海怪，也有的译为巨鲸。参见《旧约·约伯记》41：1："你能用鱼钩钓上海怪，或用绳子绑住它的舌头吗？"《诗篇》74：14："你打碎了海怪的头。/把它的肉分给旷野的野兽吃。"104：26："船只往来航行，/你所造的海兽游戏其中。"《以赛亚书》27：1："那一天，上主要用刚硬锐利的剑惩罚利维坦，就是那扭曲善变的蛇，并杀死那海中的龙。"

到，不顾一切、嗜血成性的士兵，用邪恶的手，把你们发出刺耳尖叫的女儿们的秀发①弄脏；你们父亲们的银须被揪住，他们最为可敬的头颅猛撞在墙上；你们赤裸的婴儿被刺穿挑在枪尖上，与此同时，疯狂母亲们撕心裂肺的哭嚎冲破云霄，就像犹太②的女人们面对希律王③手下血腥猎杀的刽子手。

你们说吧？投降，避免这祸患？

还是拼死抵抗，招致城毁人亡？

总督　　　我们的期盼到今天已没指望。我们向王太子求助，他回复，他的军队尚未备战，对如此强大的攻城无能为力。因此，伟大的国王，这座城和城中的生命，都献给您悲悯的仁慈。进城吧，接管一切；因为我们不再设防。

亨利五世　　打开城门！——来，埃克塞特叔叔，您率军进入哈弗勒尔；在这儿坚守，加固工事，抵御法国人。对他们，一律以仁慈相待。至于我，亲爱的叔叔，——冬天来临，生病的士兵多

---

① 秀发(lacks)，有"守护着的贞洁"之意涵。

② 犹太(Jewry)，古罗马统治的巴勒斯坦南部地区，今位于以色列境内。

③ 希律王(King Herod)，公元前37年至公元前4年间罗马帝国犹太行省(加利利和犹太地区)的统治者，为杀死圣婴耶稣，下令将伯利恒(Bethlehem)及周边地区所有两岁以下男婴全部诛杀。事见《新约·马太福音》2:16—18。

了，我要退到加来。——

今晚的哈弗勒尔，你主我客；

明天，我们准备向加来行军。（喇叭奏花腔。

亨利国王及侍从等入城。）

第四场

鲁昂①。法国王宫中一室。

(凯瑟琳与爱丽丝②上。)

凯瑟琳　　爱丽丝,您去过英国,英语说得也很好。

爱丽丝　　一点点,小姐。

凯瑟琳　　我恳请您,教我,我一定要学会。"手"(la main),
　　　　　英语怎么说?

爱丽丝　　"手"? 英语叫 de hand。

凯瑟琳　　De hand。"手指"(les doigts)呢?

爱丽丝　　"手指"? 以信仰起誓,我把"手指"忘了;但我会
　　　　　记起来。"手指"? 我想叫 de fingres; 对,de
　　　　　fingres。

凯瑟琳　　"手",de hand;"手指",de fingres。我想我是个

_____

① "第一对开本"提示具体地点不详,可能位于鲁昂(Rouen)的法国宫廷。鲁昂是诺曼底(Normandy)的首府。

② "第一对开本"提示爱丽丝为一位年老的贵妇人。另,本场对话,全部为法语。

好学生，很快就学会两个英文词。"指甲"(les ongles)怎么说？

爱丽丝　　"指甲"？我们叫 de nails。

凯瑟琳　　De nails，听我念，跟我说对不对：De hands，de fingres，et de nails。

爱丽丝　　说得很好，小姐；是很好的英语。

凯瑟琳　　告诉我英语的胳膊(le bras)。

爱丽丝　　De arm，小姐。

凯瑟琳　　"胳膊肘"(le coude)呢？

爱丽丝　　De elbow。

凯瑟琳　　De elbow，我把你教我的这个单词都重念一遍。

爱丽丝　　我觉得，小姐，这太难了。

凯瑟琳　　对不起，爱丽丝；听我念：De hand，de fingres，de nails，de arma，de bilbow①。

爱丽丝　　De elbow，小姐。

凯瑟琳　　啊，主上帝！我忘了。De elbow。"脖子"(le col)怎么说？

爱丽丝　　De nick②，小姐。

凯瑟琳　　De nick. 那"下巴"(le menton)呢？

爱丽丝　　De chin。

---

① 法语 bilbow 是一种短剑。
② 英文的脖子是 neck，爱丽丝误读成 nick，与英文俚语中的"阴道"(vagina)有双关意。

凯瑟琳	De sin①。"脖子", de nick;"下巴", de sin。
爱丽丝	没错。恕我失敬,说真的,您的发音同地道的英格兰人一样准。
凯瑟琳	我毫不怀疑我能学会,凭着上帝恩典,不用很长时间。
爱丽丝	我教的,您是不是已经忘了?
凯瑟琳	没忘,我这就背给你听:De hand, de fingre, de mails②, ——
爱丽丝	De nails,小姐。
凯瑟琳	De nails, de arme, de ilbow。
爱丽丝	恕我失敬, d'elbow。
凯瑟琳	我就是这么说的, d'elbow, de nick, et de sin,"脚"(le pied)和"袍子"(le robe)你怎么说?
爱丽丝	De foot,小姐;et le coun。
凯瑟琳	De foot, et le coun③? 啊,主上帝!这几个音听着邪恶、堕落、粗俗、下流,尊贵的女士们说不出口,我不会当着法国贵族的面,念这几个音。呸!le foot, et le coun。但我把学过的再都背一遍

---

① 英文的下巴是 chin,凯瑟琳发音不准,误读成 sin,nick,sin 在俚语中有"性器""性侵"(sexual transgression)之意涵。

② 或与 males(男性;雄性)具双关意。

③ 英文"脚"(foot)与法语"性交"(foutre)(i.e. fuck)、英文"袍子"(coun i.e. gown)与法语"女阴"(con i.e. cunt)发音相近,引起凯瑟琳的误会。

吧：de hand，de fingres，de nails，de arm，d'el-
bow，de nick，de sin，de foot，de coun。

爱丽丝　　太棒了,小姐!

凯瑟琳　　这就够了。我们去吃饭吧。(同下。)

第五场

同上。宫中另一室。

[法国国王、王太子、波旁公爵①,(法军)大元帅,及其他上。]

法国国王　　可以确定,他已渡过索姆河②。

大元帅　　　若不与他交战,陛下,我们就别在法国活了；
　　　　　　　干脆放弃一切,把我们的葡萄园送给一个野
　　　　　　　蛮民族吧。

王太子　　　啊,永生的上帝③! 我们的祖先色欲难忍、一
　　　　　　　时兴起④,把我们的枝条⑤,移植在荒生蛮长

---

① "第一对开本"此处为布列塔尼公爵(the Duke of Brittany)。

② "他",指亨利五世。索姆河(River Somme),位于加来和哈弗勒尔中间。

③ 此处原为法语 O Dieu vivant! 即英文 O living God! 参见《旧约·申命记》31:6:
"不要害怕,要坚强,要有信心,因为上主——你们的上帝与你们同在。他不会忘掉你
们,丢弃你们。"《以赛亚书》52:12:"上主要在前面领导你们；/ 以色列的上帝要从后
面保护你们。"

④ 一时兴起(emptying),原义指射精(ejaculate)。

⑤ 此处既指 1066 年征服英格兰的诺曼公爵是法兰西王室血脉的一个分支,亦
指在诺曼征服之后,许多英格兰人带有法国血统。

的树干①上，能眼见他们猛然长大，直入云端，俯视②嫁接他们的老树吗？

波旁公爵　诺曼人③，私生的诺曼人，诺曼人的野种！我豁出命去④！若让他们长驱直入，毫不抵抗，我情愿卖掉我的公国，在那曲里拐弯的阿尔比恩岛⑤上，买一座泥泞、肮脏的农场。

大元帅　战神啊⑥！他们这气魄从何而来？他们的气候不是多雾、阴冷、沉闷，连太阳都一脸鄙夷，日照很少，害得果实愁眉不展吗？他们的大麦汤⑦，就是白开水，只配喂给累垮的驽马喝，难道能把他们的冷血升温到如此英勇的热度？难道我们富有活力的热血，有葡萄酒激发精神，反而结了霜？啊！为了国家的荣誉，我们别做悬在屋檐下的冰柱，而任由一个血冷如霜的民族，在我们丰饶的田野里洒下勇敢青春的汗滴！——如此肥田沃土，竟

---

① 王太子以"荒生蛮长的树干"指英国人是野蛮民族。

② 俯视(overlook)，在此有居高临下蔑视之义。

③ 指具有法国血统的英国人。

④ 原为法语 Mort de ma vie！即英文 Death of my life！之义。

⑤ 阿尔比恩(Albion)，英格兰或不列颠的旧称。此处指由英格兰、苏格兰和威尔士组成的英伦三岛的地貌形状弯曲。

⑥ 原文为法语 Dieu de batailles！即英文 God of battles！之义。

⑦ 大麦汤(barley-broth)，指英格兰的烈性艾尔啤酒(strong ale)。

有我们这样的主人，太可怜啦！

王太子　　凭信仰和荣誉起誓，法国的女士们挖苦我们，直接说我们耗尽了勇气；她们要用身子满足英国青年的淫欲，给法兰西新添一辈私生的勇士。

波旁公爵　她们叫我们到英国的舞蹈学校，去教高跳旋转舞①和快步舞；说我们的能耐全在脚后跟，最擅长逃跑。

法国国王　传令官蒙乔在哪儿？叫他快去；把我们的锋利挑战告知英格兰。——振作，贵族们，以比剑锋更锐利的荣誉之心，奔赴战场：查理·德拉布雷、法兰西大元帅；奥尔良、波旁、贝里、阿朗松、布拉班特、巴尔、勃艮第，你们几位公爵；还有雅克·切蒂里昂、朗布尔、沃戴蒙、博蒙、格兰普雷、鲁西、福孔布里奇、富瓦、莱斯特拉尔、布什科、夏洛莱；各位尊贵的公爵、伟大的亲王、伯爵、贵族、骑士，为了你们显赫的财富地位，替你们遭受的莫大屈辱报仇。阻击英王哈里，他正挥舞染上哈弗

---

① 高跳旋转舞（lavoltas），一种轻快、高跳旋转的双人舞，兴起于文艺复兴后期的意大利。女王伊丽莎白一世曾在位于肯特郡（Kent）的彭斯赫斯特宫（Penhurst Place），与宠臣莱斯特伯爵罗伯特·达德利（Robert Dudley, Earl of Leicester, 1532—1588）共跳这种舞。

勒尔血迹的旗帜,席卷我国。冲向他的军队,
以阿尔卑斯山的融雪之势,把口水和黏液,
吐向低矮的空谷。猛扑过去,——你们兵力
足够,——抓他俘虏,关进囚车,押送鲁昂。

大元帅　这才符合君王的伟大。遗憾的是,他人数很
少,行军中,士兵们又病又饿,我敢说,等他
一见我们的军队,勇气就会被吓得掉到粪坑
里,只求拿赎金换取荣誉①。

法国国王　所以,大元帅,火速派蒙乔去,让他问英格
兰,愿付多少赎金。——王太子,你陪我待
在鲁昂。

王太子　别留我,恳求陛下。

法国国王　不要急,你得留下陪我。——

　　　　大元帅及众亲王贵族,立即出发,
　　　　速将英格兰兵败的消息向我禀报。(同下。)

---

① 战败一方为求保全,必须向胜者缴纳赎金。

第六场

皮卡第①英军军营。

(高尔与弗艾伦上。)

高　尔　　弗艾伦上尉,现在怎么样? 你从桥②那边来?

弗艾伦　　放心吧,桥边那一仗打得漂亮极了。

高　尔　　埃克塞特公爵可安好?

弗艾伦　　埃克塞特公爵像阿伽门农③一样既高贵又神
　　　　　勇,这是我以灵魂、以心灵、以职责、以生命、以
　　　　　生活、以最大能力都加一起,敬爱、敬仰的一个
　　　　　人。赞美、称颂上帝吧! 他没受一点儿伤,他战
　　　　　法精妙,顶顶勇敢地守住了那座桥④。桥那边有

---

　　① 皮卡第(Picardy),法国北部旧省,临近英吉利海峡。"第一对开本"只注明法
国北部。

　　② 据史载,这里指的是泰怒瓦斯河(River Ternoise)河上那座桥,它是通往加来
的必经之路。

　　③ 阿伽门农(Agamemnon),特洛伊战争中的希腊联军统帅。

　　④ 据史载,英军渡过索姆河后,退守加来。法军力图迎头痛击,打算先破坏泰怒
瓦斯河上这座桥,切断英军。英军察觉法军意图,10 月 23 日,派先头部队占领了这
座桥。次日,英军安全渡桥,确保了之后阿金库尔战役的胜利。

　　　　　　个旗官中尉，——说句良心话，我觉得这人像
　　　　　　马克·安东尼①一样勇敢；他在这世上没什么名
　　　　　　声，可我亲眼见他英勇杀敌。

高尔　　　　他叫什么名字？

弗艾伦　　　旗官皮斯托。

高尔　　　　不认识。

（皮斯托上。）

弗艾伦　　　就是这个人。

皮斯托　　　上尉，求您一件事儿：埃克塞特公爵真的很宠
　　　　　　信您。

弗艾伦　　　嗯，我赞美上帝；在他手下，我还算值得宠信。

皮斯托　　　巴道夫，一个军人，心强、志坚、勇气十足，但
　　　　　　命运真狠心，那个瞎眼的女神，——站在不牢
　　　　　　靠的滚石上，——狂转残忍无常的命运的轮
　　　　　　子，②——

弗艾伦　　　原谅我打断你，旗官皮斯托。命运女神被画成
　　　　　　瞎子，双眼蒙着一块布，意在表明，命运女神是
　　　　　　瞎子；她也被画成在转一个轮子，其中的寓意，

───────────────

　　① 马克·安东尼（Mark Antony，前83—前30），古罗马政治家、军事家，恺撒最
倚重的军队指挥官之一，公元前33前"三头同盟"分裂，前30年，与埃及女王克里奥
佩特拉七世一起自杀身亡。

　　② 传说中，命运女神被描绘成一个盲女人，站在山上，转动轮子，主宰人的命运
沉浮。"不牢靠的滚石"是命运女神的替代形象，预示人类命运仿若置于不牢靠的滚
石之上，难以平衡。

在于表明，她在转动，而且，善变、易变、多变。
你看她的脚，固定在一块不停地滚、滚、滚的球
形石头上。——说真的，诗人的刻画再好不
过。命运女神真是一个特好的象征。

皮斯托　　命运女神是巴道夫的仇敌，朝他皱眉头；因为
　　　　　他偷了一个圣像牌①，非绞死不可，——一种该
　　　　　诅咒下地狱的死法！让绞刑架张大嘴把狗吃
　　　　　了，把人放喽，别让绞索卡住他的气管。但埃
　　　　　克塞特已为一块不值钱的圣像牌，判了他死
　　　　　刑。所以，去替他说句话，——公爵听得进你的
　　　　　话，——别让巴道夫的生命线②被一根破绳子
　　　　　和丢脸的罪名剪断。上尉，替他求情保命，我会
　　　　　报答你的③。

弗艾伦　　旗官皮斯托，我大体明白你意思。

皮斯托　　那可以高兴一下了。

弗艾伦　　当然，旗官，这不是一件该高兴的事，因为，你
　　　　　注意，哪怕他是我亲兄弟，我也情愿公爵随意

————————————

　　① 圣像牌(pax)，13 世纪时天主教会经常用的一种上面刻有耶稣和圣母像的小
木牌，领圣餐时神父与教徒轮流吻圣牌。
　　② 希腊神话中掌控人类命运的三姐妹，她们用纺锤纺织人的命运之线。三女神
各有分工，克洛索(Clotho)手执纺锤，拉克西斯(Lachesis)纺织人的生命线，阿特洛波
斯(Atropos)剪断人的生命线。人的生命线一旦被剪断，便一命呜呼。
　　③ 皮斯托暗示：我会给你钱的。他说得比较含糊，故弗艾伦下句回复"大体
明白"。

发落,处死他;毕竟军律应该执行。

皮斯托　死了下地狱去吧! 你这交情算什么玩意儿①!

弗艾伦　不错。

皮斯托　他妈的什么玩意儿! ②(下)

弗艾伦　很好。

高尔　　哼,这简直是个骗人的无赖。我现在想起来了:
　　　　他是一个拉皮条的,一个扒手。

弗艾伦　我向你保证,他在桥边说的那些漂亮话,你若
　　　　听了,一定开心。不过这很好;他对我说的话,
　　　　都不错,我向你保证,等时机一到③。

高尔　　哼,这就是一个笨蛋、傻瓜、流氓,偶尔打个仗,
　　　　捞点儿荣耀, 只为能以军人的姿态回伦敦;这
　　　　种货色把伟大军事家的名字记得烂熟,对哪儿
　　　　打的什么仗倒背如流;——在哪座小堡垒,在
　　　　哪处突破口,在哪次武装押运中;谁英勇躲闪,
　　　　谁中了箭,谁丢了丑,敌人坚持什么条件;——
　　　　他们拿军事术语把这些背得滚瓜烂熟,还能用
　　　　一些新造的赌咒打扮一番。一脸将军样式的胡
　　　　子,一身吓人的军装,在冒着泡沫的酒瓶和醉

---

① "什么玩意儿"(figo),在蔑视别人的同时做出侮辱性手势(把大拇置于拇指和中指之间或放在上牙之下)的一个词。

② 此处再次边说边做出侮辱性手势。

③ 弗艾伦的意思是:等时机一到,你就都知道了。

醺醺的酒鬼中间转悠,这场景多奇妙。但你非得把当今时代这类荒唐事儿弄清楚,不然,势必吃大亏。

弗艾伦　听我说,高尔上尉;我看透他了,他乐于向世人显出的样子,并不是他本来面目:一旦找出漏洞,我就向他挑明。(内鼓声。)听,国王来了,我得向他禀报桥头的战况。

(鼓声。军旗。亨利国王,格罗斯特公爵,及衣衫褴褛的士兵等上。)

　　　　　上帝保佑陛下!

亨利五世　战况如何,弗艾伦! 你从桥那边来吗?

弗艾伦　是的,陛下。埃克塞特公爵作战神勇,守住了那座桥:法军已败退,您注意,这是一场英勇无畏的激战。以圣母玛利亚起誓,敌人本已占据桥梁,但被迫后退,埃克塞特公爵主宰了那座桥。我可以告诉陛下,公爵真是一个勇敢的人。①

亨利五世　你们伤亡多少,弗艾伦?

弗艾伦　敌人伤亡很大,十分惨重。以圣母玛利亚起誓,照我说,除了那个抢劫教堂八成得处死的巴达夫,公爵未伤一兵一卒;——陛下是否知道这个人:他满脸红肿的脓包、疱疹、斑

---

① 弗艾伦是威尔士人,英文说得不十分流利,表达比较简单。

块,像一团火;两片嘴唇风箱似的,把鼻子吹成一炉煤火,一阵儿蓝一阵儿红;但等那鼻子一处决,煤火就灭了。

亨利五世　违反军令者,格杀勿论:——我已下令,部队在法国行军途中,所经乡村,任何东西不得强取,凡有所需,务必清账;对法国人,不得以轻蔑语言随意呵斥或辱骂;因为当悲悯和残忍拿一个王国打赌时,高贵的悲悯必先打赢①。

(军号响。蒙乔上。)

蒙乔　从制服②您就能认出我。

亨利五世　好吧,认出来了。你有何话说?

蒙乔　我主人的决定。

亨利五世　说出来。

蒙乔　我的国王这么说:——"你跟英格兰的哈里讲,看着我像是死了,但我只是沉睡:军事进攻中,地利比草率更占上风。告诉他,我本可以在哈弗勒尔击退他,但我认为,脓包熟透了,挤破才好。——现在轮到我开口,我的

---

① 直译为:高贵的玩家(或赌徒)必先赢下赌局。此处,玩家(或赌徒)指押注悲悯的一方。

② 指法国传令官的制服,上有法国国王的盾徽,故而一眼就能看出他的传令官身份。

话乃君王之尊：英格兰将懊悔他的愚蠢、认清他的弱点，而惊异我的忍耐。所以，叫他考虑一下赎金，缴纳数额必须与我们遭遇的损失、死伤的臣民、忍受的耻辱相当；若足额赔付，他虚弱的身子承受不起。相比我们的损失，他国库太穷；相比我们流出的血，把他王国的士兵都清点一遍①，也人数太少；而相比我们的耻辱，就算他亲身跪在我脚下，也只能带给我一种廉价无力的满足感。说到这儿，加上挑战。告诉他，一句话，他把部下带入歧途，他们的死刑判决已经宣告。"我的国王、主人的口信到此结束；我也算完成使命。

亨利五世　你叫什么？我知道你什么官衔。

蒙乔　　　蒙乔②。

亨利五世　你很好履行了使命。回去，告诉你的国王，——眼下我还不会追击他，只想毫无阻碍挺进加来。因为，老实说，——向一个狡猾和有

---

① 还可有另一种译法：把整个王国的人口清点一遍。

② "蒙乔"（Montjoy）是法国首席传令官的官称，莎士比亚用它来做法国传令官的姓名，可能由法国国王的战争呐喊 Montjoy St Denis!（"以圣丹尼斯的名义"）而来。圣丹尼斯（St Denis），旧译圣但尼，是生活在公元 3 世纪的一位罗马传教士，前往高卢地区传教，被任命为第一任巴黎主教。因法国当时尚未信教，圣丹尼斯被杀。传说圣丹尼斯被杀后，拖着自己的头颅走出 10 千米才死去。后来，人们在他死去的地方建了一座教堂，即今天位于巴黎近郊、享有法国国教堂之誉的圣丹尼斯大教堂。圣丹尼斯被视为法国和巴黎的主保圣人。

军事优势的敌人透露这么多，一点不明智。
——我的兵力因疾病削弱很多，人员减少，现
有兵力不见得强于法军；可我告诉你，传令
官，身康体健时，一双英国军人的腿，抵得上
三个法国兵。——不过，宽恕我吧，上帝，我
竟然如此自夸！——你们法国的空气吹胀了
我这一恶习。我必须自责。——所以，去吧，
告诉你的主人，我在这儿；我的赎金就是这不
足道的虚弱身躯；我的军队也只是体弱多病
的卫兵。可是，上帝助我，告诉他，哪怕法国国
王本人，再加一个和他一样的邻国国王挡在
路上，我也要向前冲。辛苦了，蒙乔，这是酬
劳。(递一钱袋。)去吧，叫你的主人想明白：若能
通行，我军便通行；一旦受阻，我军必以你们
的鲜血染红你们黄褐色的土地。那再见吧，蒙
乔。我的整个答复归为一句话：照目前的情
形，我不会挑起战斗；可是，照目前的情形，我
要说，我也不避战。就这么告诉你的主人。

蒙乔　　　一定照此转达。多谢陛下。(下。)

格罗斯特　希望他们别立刻来攻。

亨利五世　我们在上帝手中，兄弟，没在他们手里。此时
　　　　　天色已晚，挺进桥头；——过河扎营，明天继
　　　　　续行军。(同下。)

第七场

阿金库尔附近法军军营。

(法兰西大元帅,朗布尔勋爵,奥尔良公爵①,王太子,及其他上。)

大元帅　　　啧啧②,我有世上最棒的盔甲。——愿此时天
　　　　　　光大亮!

奥尔良　　　您有一身上好的盔甲;也让我的马得到应有赞
　　　　　　赏吧。

大元帅　　　欧洲最好的一匹马。

奥尔良　　　天怎么还不亮?

王太子　　　奥尔良公爵,大元帅阁下,你们在谈马和盔甲?

奥尔良　　　您像世上任何一位王子一样,两样齐备。

---

① 奥尔良公爵(Duke of Orleans),据史载,在阿金库尔战役中被俘,在英囚禁 25
年,1440 年,缴纳 8 万克朗后获释,1465 年去世,其第三任妻子所生之子于 1498 年
成为法国国王,即路易十二(Louis Ⅻ, 1462—1515)

② 啧啧(Tut),象声词,此处是发出自我赞叹的啧啧声。

王太子　　　这一夜多漫长①！——我可不愿用我的马去换任何一匹四蹄蹽开的马②。嗖的一声！它从地上跃起，身轻如毛：飞马，珀加索斯③，鼻孔喷火！一骑上它，我成了一只鹰，翱翔。它在空中细步小跑④；刚一触地，地面便发出歌声，蹄子最低贱的角质，也比赫耳墨斯⑤用笛子奏出的乐音好听。

奥尔良　　　那匹马通体豆蔻色。

王太子　　　浑身像姜一样火辣。分明就是珀尔修斯的坐骑：它是纯粹的风与火；除了静待骑手翻身上马那一刻，通身找不出半点儿水和土的呆滞⑥。真是一匹宝马良驹。别的破烂马只配叫牲口。

大元帅　　　的确，殿下，那真是一匹绝世好马。

---

　　① 大元帅、奥尔良、王太子分别慨叹长夜漫漫，他们都盼着天光大亮以后，可以展现世上最好的盔甲和马匹。

　　② 王太子言下之意，他的马才是世上最好的。

　　③ 此处"飞马"(e cheval volant)和"鼻孔喷火"(chez les narines de feu！)原为法语。希腊神话中，宙斯之子珀耳修斯(Perseus)杀死蛇发女妖美杜莎(Medusa)之后，一匹双翼飞马珀加索斯(Pegasus)从她的血里一跃而起。传说珀加索斯马蹄踩过之处便涌出泉水，诗人饮用，即获灵感，故后世常用"珀加索斯"比喻"诗人的灵感"。希腊语中，Pegasos(珀加索斯)，词源来自"泉水"(pege)，进入英文变为 Pegasus。

　　④ 细步小跑(trots)，专指马匹的小步慢跑。

　　⑤ 赫耳墨斯(Hermes)，希腊神话中的神使，他美妙的笛声能引诱百眼巨怪阿耳戈斯(Argus)入睡。

　　⑥ 古希腊哲学家认为宇宙由风(空气)、火、水、土四大元素构成。风与火清纯上扬，水与土浑浊下沉。

王太子	它是坐骑之王;它的嘶鸣犹如君王下令,它的外观叫人顿生敬意。
奥尔良	别再说了,老弟。
王太子	不,谁若不能从云雀高飞到羔羊归圈入睡①,变着花样赞美我的坐骑,便是无才之人。这是个像大海一样流畅表达的②话题:把无穷的沙粒变成无数巧辩的舌头,我的马也足够做他们的谈资。它是君王的论题,是王中王的坐骑;世间之人,——甭管我们熟悉与否,——一见之下,都会把事情放一边,对它啧啧称奇。一次,我写了首十四行诗赞美它,这样开头儿:"大自然的奇迹!"——
奥尔良	我听过一首写给情人的十四行诗也这样开头儿。
王太子	那他们模仿了我写给骏马的那首,因为我的马是我的情人。
奥尔良	您的情人很好骑③。
王太子	我骑才好;这是对一位独享的好情人再合适不过的赞美。

---

① 以"云雀高飞"代表早晨,以"羔羊归圈"代表晚上,意思是:从早到晚一整天。

② 流畅表达的主题(fluent theme),修辞学术语。梁实秋译为"像海洋一般广阔的题材"。另有译为:像海洋一般滔滔不绝的主题。

③ 奥尔良公爵此句暗含性意味。

大元帅　　不,我昨天见你的情人把您的背晃得很厉害。

王太子　　也许您的情人这么晃。

大元帅　　我的情人不配笼头①。

王太子　　啊,兴许她变得老而温顺;您骑着像个爱尔兰步兵,脱掉法国马裤,套上紧身裤②。

大元帅　　您对骑术很有一套③。

王太子　　那听从我的警告:这么骑下去,一不留神,就会掉进烂泥④。我情愿把我的马当情人。

大元帅　　我情愿把我的情人当一匹破烂马⑤。

王太子　　听我说,元帅,我情人的头发是天生的⑥。

大元帅　　倘若有头母猪当我情人,我也能这么吹牛。

王太子　　"狗吐的东西,它掉头就吃;母猪洗净了,还在泥里滚。"⑦什么东西您都能利用。

---

　　① 言下之意:我的情人是女人,不是马。

　　② 法国人穿马裤(宽松的灯笼裤),爱尔兰人穿紧身裤。因前边提及像爱尔兰步兵,故要脱了法国马裤,换上爱尔兰紧身裤(意即裸腿)。

　　③ 此句或其双关意:您对妓女很有一套。

　　④ 烂泥(foul bogs),或暗指染上性病的阴道。

　　⑤ 此为大元帅对王太子前边所说"别的破烂马只配叫牲口"的回应。"破烂马"在此指"妓女"。

　　⑥ 此处暗指大元帅的情妇因身染梅毒掉光头发,只能戴假发。

　　⑦ 此句原为法语 le chien est retourne a son propre vomissement, et la trule lavee au bourbier. 即英文 The dog is returned to his own vomit, and the washed sow to the mire.此处应是化用《圣经》,参见《新约·彼得后书》2:22:The dog is turned to his own vomit again; and the sow that was washed to her wallowing in the mire.【国王版《圣经》】中文为:狗回头吃它吐出来的东西,或:猪洗干净了,又回到泥里打滚。

大元帅	反正我既没把马当情人用,也没用过这类谚语。
朗布尔	元帅大人,今晚我在您营帐里看的那副盔甲,——上面镶的是星星还是太阳?
大元帅	星星,大人。
王太子	希望明天掉下几颗。
大元帅	但我的天空不缺星星。
王太子	那倒可能,因为你星星多得过剩,掉几颗才更尊贵。
大元帅	正像你的马,驮了你那么多赞美,把吹牛的话从它身上卸点儿下来,它照样跑得好。
王太子	愿它把应得的赞美全驮上!——永无天亮?——明天我要骑马跑一英里,一路铺满英国人的脸。
大元帅	我不会说这种话,怕到时候丢人现眼①。但我愿现在是早晨,因为我特想打英国人的脑袋。
朗布尔	谁愿跟我赌二十个战俘?
大元帅	你得先豁出命,才能有二十个战俘。
王太子	已经半夜了。我要披挂上阵。(下。)
奥尔良	王太子盼着天亮。
朗布尔	他恨不能吃了英国人。

---

① 可有另一译法:因为我怕到时候转身就跑。梁实秋译为:"怕的是我会被敌人赶走,弄得满面羞惭。"也有译为:"因为我只怕会被敌人的脸色吓得满面羞愧,无地自容。"

大元帅	我想他会把杀死的人都吃掉①。
奥尔良	以我夫人白皙的手起誓,他是位勇敢的王子。
大元帅	索性以她的脚②起誓,让她把你的誓言一脚踢开。
奥尔良	他简直是全法国最有精力的贵族③。
大元帅	干④就是精力,他会一直这么干。
奥尔良	听说他从没伤过谁。
大元帅	明天也伤不了谁:他得把这个好名声保持下去。
奥尔良	我知道他勇敢。
大元帅	有个比你更了解他的人跟我说过这话。
奥尔良	谁?
大元帅	以圣母玛利亚起誓,是他自己说的,他还说,不在乎别人知道。
奥尔良	他不必在乎,美德是明摆着的。
大元帅	以我的信仰起誓,先生,明摆着。他怎么勇敢,除了仆人,没人见过。这是一种蒙头藏脸的勇敢;一露头儿,才会扑闪翅膀⑤。

---

① 大元帅以反讽的口吻暗示,王太子连一个英国人都杀不了。

② 此处或具性意味:1.以"脚"(foot)代指女阴(vulva);2.foot 与法语 foutre(fuck,即性交)谐音。

③ 言下之意:他简直是全法国最有性活力的人。

④ 干(doing),指交配,性交。

⑤ 训练猎鹰,先用布把猎鹰的头蒙起来,待揭开时,猎鹰扑闪双翼,振翅高飞。此句的意思是:这种隐藏起来的勇敢,像猎鹰一样;当它一露头,才会振翅高飞。大元帅的双关意是:像王太子这样藏起来的勇气,一上战场就没了。暗讽王太子是光说不练的假把式,勇气全在嘴上。

奥尔良	脏嘴不说好话①。
大元帅	我拿这句俗语回敬你：——"阿谀藏于友情。"
奥尔良	我再反击一个：——"给魔鬼应得之物。"②
大元帅	这个到位：把你的朋友当魔鬼了。我来用那句俗语击中靶心③：——"叫魔鬼遭天瘟吧！"
奥尔良	你俗语说的比我好，那是因为——"傻子的箭射得快。④"
大元帅	你射歪了。
奥尔良	你也不是头一回射歪。

（一信使上。）

信使	元帅大人，英军扎营了，距离您的营帐不到一千五百步。
大元帅	这距离谁量的？
信使	格兰普雷大人。
大元帅	一位勇敢、极为老练的贵族。天怎么还不亮！哎呀，可怜的英格兰的哈里，他不像我们这么盼着黎明。

---

① 脏嘴不说好话（Ill will never said well.）意思与中文俗语"狗嘴里吐不出象牙"相当。

② "给魔鬼应得之物"（Give the devil his due.），梁实秋译为："恶魔的优点亦不可否认。"刘炳善译为："魔鬼也该受到公正的评价。"

③ 大元帅言下之意，奥尔良公爵说的俗语文不对题。

④ "傻子的箭"（A fool's bolt），指一种专门供傻子用的短钝箭，在此暗指阴茎。"射得快"暗示早泄。

奥尔良　　这是一个多么倒霉、愚蠢的英格兰国王，率一群傻乎乎的部下，大老远跑这儿来，没头没脑地闲逛！

大元帅　　但凡英国人长脑子，早逃跑了。

奥尔良　　他们缺脑子；假如他们脑子里有睿智的盔甲，也犯不着戴那么重的头盔。

朗布尔　　英格兰那个岛产的动物十分勇猛；他们的马士提夫犬①勇猛无敌。

奥尔良　　愚蠢的杂种狗！闭着眼冲进一头俄罗斯熊的嘴里，脑袋像烂苹果一样被咬碎。你不妨说，敢在狮子嘴唇上吃早餐②的跳蚤很勇敢。

大元帅　　不错，不错。那些人活像马士提夫犬，光知道一个劲儿向前猛冲，脑子都留在老婆那儿，给他们牛肉大餐，再给刀、给剑，他们就会像狼一样吞食，像魔鬼一样战斗。

奥尔良　　哎呀，可眼下这些英国人最缺牛肉。

大元帅　　那明天我们就会发现，他们空有胃口③，无力作战。现在正是备战的时候；来吧，还等什么？

奥尔良　　现在两点。依我看，——到十点，我们每人可以抓获一百个英国人。（同下。）

---

　　① 马士提夫犬（mastiffs），一种强壮而凶猛的狗，也有译作马士提夫獒犬、大驯犬或獒犬。

　　② 指跳蚤吸吮狮子嘴唇上的血。

　　③ 指英国人只是有想吃牛肉的胃口，而吃不到，无法打仗。

第四幕

开场诗

(剧情说明人上。)

剧情说明人　　现在，想象一下眼前，蠕动的谣言和令眼睛
犯困的黑暗充满了宇宙的广阔容器①。两军
营帐里悄然的嗡嗡声，在面目可憎的黑夜下
毗连，双方几乎都可以听到对方固定哨兵的
秘密耳语。篝火相望，透过暗淡火光，彼此都
能观瞧对方阴影浮动的脸②。战马威胁战马，
高亢、夸耀的嘶鸣，刺破黑夜迟钝的耳朵；甲
胄匠为骑士配护甲，忙着锤打螺钉③，发出备
战的可怕金属声。乡村的鸡叫了，时钟敲响，

---

　　① "宇宙的广阔容器"(wide vessel of universe)，意译为：充满了无垠的宇宙；或
充满了宇宙的苍穹。但在当时，人们把宇宙想象为一个广阔巨大的容器。

　　② 也可解作"黄褐色的脸"。

　　③ 指紧固盔甲的螺钉。

正是静谧的凌晨三点。信心十足、高兴太早的法军，仗着人多，过于自信，和被低估的英军掷骰子打赌；痛骂瘸着腿儿、动作迟缓的黑夜，像个又脏又丑的巫婆，一瘸一拐走得这么费力。那些可怜的、难逃一死的英国人，像献祭的牺牲，平静地坐在警戒的篝火旁，心底盘算着黎明的危险，憔悴的双颊笼罩忧伤，身穿铠甲，在月光的凝望下，活像一群可怕的幽灵。啊！此时，若有谁看到这支注定毁灭之师的君王主帅，一处一处岗哨、一个一个营帐地走，让他①高喊："愿赞美和荣耀降临在他②头上！"因为他巡访整支部队，面带微笑，向所有士兵道早安，称呼他们兄弟、朋友、同胞。面对强敌围困，他一脸威严、毫无惧色；整宿巡夜警戒，毫无倦容；只见他神情饱满，以愉快的面容和亲切的尊严战胜疲劳的迹象；每一个苦命人，身体虚弱、面色苍白，一见到他，便从他的神情里摘取了安慰。他那无拘无束的眼神，像普照宇宙的太阳，惠及每个人③，把冰冷的惊恐消融。诸位

---

① "他"，指假设的发现亨利五世巡视军营之人。
② "他"，即亨利五世。
③ 参见《新约·马太福音》5:45："因为，天父使太阳照好人，也照坏人。"

看官高低贵贱各不同,为使您眼见那一夜哈里
的惊鸿一瞥,请恕我这些戏子们拙劣表演。于
是,戏的场景必须立刻飞向战场,——哎呀,说
来怪可怜!——只凭四五把破旧刀剑笨手笨
脚胡乱打斗一番,实在有辱阿金库尔之战的
名声。

　　但还得恭请诸位坐下看戏,

　　凭戏中模仿记住实事真情。(下。)

第一场

阿金库尔英军营地。

（亨利国王、贝德福德，及格罗斯特上。）

亨利五世　　　格罗斯特，我们的确处在极大的危险关头，因此，我们势必拿出更大的勇气。——早安，贝德福德老弟。——全能的上帝！只要人们精心提取，恶行里也有善的精髓；坏邻居①可以催我们早起床，既有益健康，又有助于料理家事。而且，他们是我们身外的良心和我们大家的牧师，正告诫我们为末日做好准备。这样，我们既能从杂草中采蜜，又能从魔鬼身上汲取教训。——

（欧平汉上。）

早安，托马斯·欧平汉老爵士，你满头白发，

---

① 坏邻居(bad neighbour)，指法军。

睡一个松软的枕头，比一块法兰西粗硬的草皮更舒适。

欧平汉　并非如此，陛下。这住处更叫我欢心，因为我可以说，"现在我睡得像一个国王。"

亨利五世　拿他人当榜样，以苦为乐，大有好处，如此一来，精神放松。勇气一旦复活，毫无疑问，各个器官，虽已停歇、濒死，也会打破昏睡的坟墓，像蛇蜕皮一样，重新活跃、灵动起来。托马斯爵士，把你斗篷借给我。——二位贤弟，向军中所有贵族①各位转达我的问候，向他们道早安，并请他们立刻来我营帐。

格罗斯特　这就去，陛下。（格罗斯特与贝德福德下。）

欧平汉　我在这儿陪陛下？

亨利五世　不必，我高贵的骑士；您随我两个弟弟一起去看我的英格兰贵族。我心里有事，得考虑一下，（披上欧平汉的斗篷。）无需人陪。

欧平汉　天上的上帝保佑您，高贵的哈里！（下。）

亨利五世　上帝祝福您，老朋友！您的话令人振奋。

（皮斯托上。）

皮斯托　谁在那儿②？

---

① 此处特指军中有爵位的贵族。
② 原文为法语：Qui va là？

亨利五世	一个朋友。
皮斯托	跟我直说,你是一个军官,还是普通士兵?
亨利五世	我是一名志愿军人①。
皮斯托	步兵吗?
亨利五世	不错。你是谁?
皮斯托	我出身像皇帝一样金贵。
亨利五世	那你比国王还好。
皮斯托	国王,好人呐,一颗金子般的心,一个有活力的小伙子,名门之后,父母尊贵,拳头最硬。我打心眼儿爱这个可爱的好人,愿吻他的脏鞋。你叫什么?
亨利五世	亨利·勒鲁瓦②。
皮斯托	勒鲁瓦?康沃尔的③姓氏。你在康沃尔部队吗?
亨利五世	不,我是威尔士人④。
皮斯托	认识弗艾伦吗?
亨利五世	认识。
皮斯托	告诉他,圣大卫节⑤那天,我要敲掉他脑瓜顶

---

① 即志愿服役的军人,级别高于普通士兵,但不是军官。

② 亨利·勒鲁瓦(Henry le Roy),即"亨利国王",le Roy 是法语"国王"之意。

③ 康沃尔的(Cornish),康沃尔郡(Cornwall)之意。康沃尔是位于英格兰西南端的一个郡。

④ 亨利五世生于威尔士的蒙茅斯(Monmouth),但并无威尔士血统。

⑤ 圣大卫(Saint Davy)是威尔士的守护圣人,韭菜是威尔士的国家象征,每年三月一日圣大卫节,威尔士人头戴韭菜,纪念圣大卫。

的韭菜。

亨利五世　　到那天,你别在帽子上佩戴短剑,免得他拿
　　　　　剑敲你的头。

皮斯托　　　你是他朋友?

亨利五世　　还是他亲戚。

皮斯托　　　咄!给你一这个。(以拇指插食指和中指之间。)

亨利五世　　多谢。上帝与你同在!

皮斯托　　　我叫皮斯托。(下。)

亨利五世　　你一脸凶相,这名字倒挺般配。(下。)

(弗艾伦与高尔分上。)

高尔　　　　弗艾伦上尉!

弗艾伦　　　嘘,以耶稣基督的名义,小点儿声。这是宇宙
　　　　　世界最伟大的奇迹,竟然不遵守古代打仗真
　　　　　正的规矩、战法。只要您花心思探究一下伟
　　　　　大的庞培①怎么打仗,就会发现,我敢说,在
　　　　　庞培的军营里,叽叽喳喳、嘈嘈杂杂一概没
　　　　　有;我保证,您会看到,打仗的礼节,以及打
　　　　　仗的责任、打仗的形式、打仗的秩序、打仗的
　　　　　纪律,都跟咱这儿不一样。

高尔　　　　哎呀,敌人也闹哄哄的;您听他们一整夜吵

---

① 伟大的庞培(Pompey the Great, 前106—前48),罗马共和国后期的军事、政治领袖,恺撒之前著名的罗马名将。

	吵嚷嚷。
弗艾伦	倘若敌人是一头蠢驴、一个傻瓜、一个碎嘴唠叨的笨蛋,眼下,您说句良心话,照您想,依您看,我们也应该是一头蠢驴、一个傻瓜、一个碎嘴唠叨的笨蛋?
高尔	我以后小声儿说话。
弗艾伦	我请您、求您,以后小声儿说话。(高尔与弗艾伦下。)
亨利五世	这个威尔士人,虽说有点儿怪,却不失责任和勇气。

[三士兵(约翰·贝茨、亚历山大·考特、迈克尔·威廉姆斯)上。]

考特	约翰·贝茨兄弟,瞧那边是不是天亮了?
贝茨	我想是的。但我们拿不出一丁点儿理由盼天亮。
威廉姆斯	我们看见这一天从那边开始,可我想,我们将永远看不到这一天结束。——谁在那儿?
亨利五世	一个朋友。
威廉姆斯	哪个上尉的部下?
亨利五世	托马斯·欧平汉爵士的下属。
威廉姆斯	一位出色的老帅,一个顶顶仁慈的贵族。请问,他怎么看我们目前的处境?
亨利五世	真好比遭受海难的一群人困在沙洲上,只等下一次潮汐将他们冲走。
贝茨	他没把他的想法告诉国王?

亨利五世	没,他也不该告诉国王。因为,这么跟你说吧,我觉得国王,不过是一个人,跟我一样:紫罗兰的味道,他闻、我闻一样香;头顶这片天,对他、对我都一样;他所有的感官跟常人的特性没两样,把他的国王威仪撇一边,赤身露体,只是一个人而已;虽说他的情感比我们的更为崇高、复杂,但当他向下猛扑①之时,也扑得跟我们没两样。因此,当他发现恐惧的由头儿,毫无疑问,他也担惊受怕,跟我们尝到的恐惧一模一样。不过,按理说,没谁能使他露出哪怕一丝一毫的恐惧,不然,他一旦畏惧,军队就会丧失勇气。
贝茨	他尽可以装作有多勇敢,但我相信,哪怕如此寒夜,他也情愿待在齐脖子深的泰晤士河②里;我倒愿他这样,只要能离开这儿,甭管他去哪儿,我都在他身边。
亨利五世	以我的信仰起誓,我替国王说句心里话:我想他只会安心于此,哪儿也不去。
贝茨	那我愿他自己留这儿;这样,他一交赎金,许多可怜的生命得以保全。

---

① 猛扑(stoop),放鹰捕猎术语。
② 泰晤士河(Thames),即流经伦敦的泰晤士河。

亨利五世　　我敢说，你爱他还不至于这么恶毒，竟愿他一个人留在这儿，你这么说是为了试探别人的心思。我想，死在哪儿，也不如与国王同生共死令人欣慰；——他的事业是正义的，他为荣耀而战。

威廉姆斯　　这些我们搞不懂。

贝茨　　是的，或者说，我们也不该追问；因为我们只要知道自己是国王的臣民就够了。若是他的理由出了错，我们也只是服从国王，没罪过。

威廉姆斯　　但假如这理由不光彩，那国王自己的欠债就厉害了，这次战役中所有被砍掉的胳膊腿儿和脑袋，将在末日审判那一天，合起伙儿来，高喊"我们死在这么一个地方"；——有的赌咒，有的哭着喊军医，有的抛下了可怜的老婆，有的欠了一屁股债，有的甩下了年幼的子女。战场上恐怕没几个死得有人样儿，当流血成为主题，还能指望以基督徒的仁慈精神打理一切吗？假如这些人都没得好死，那把他们带入死路的国王就干了一件邪恶之事，——因为不听他的，完全不合乎臣民本分。

亨利五世　　这么说，倘若父亲派一个儿子外出经商，儿子在海上还没忏悔自己的罪过便死了，照你这规则，他的罪责就活该落在派他外出的父亲头上。或者，主人命一个仆人去送一笔钱，仆人路遇劫匪袭击，带着许多未得上帝赦免的恶行便死于非命，那你也可以叫派活儿的主人对仆人死后被罚下地狱①负责。但事实并非如此：国王没义务为士兵们的各自死亡负责，父亲之于儿子，主人之于仆人，都无需担责，因为他们只想叫他们做事，没想叫他们死。何况，没有哪个国王，甭管动机多么纯正，只要刀兵相见一决生死，全派清白的士兵上战场：有的可能已犯下预谋杀人之罪；有的，靠违背誓言骗了处女；有的，曾掠夺、抢劫，为害一方和平，现在拿战争当堡垒②。眼下，假使这些人骗过法律，逃过国内的惩罚，即便他们跑得过人，却没有飞离上帝的翅膀③：战争是

---

① 基督徒死前做临终忏悔，生前罪孽得以洗净，若死前未及忏悔，则将身负未洗净的恶行罪孽在死后被罚下地狱。

② 堡垒(bulwark)，军事术语，在此指有些士兵把参军打仗当成保护自己所犯罪行的堡垒。

③ 参见《旧约·诗篇》139:7—10："我往哪儿去才能躲开你呢？/ 我去哪儿才能逃避你呢？/ 我上了天，你一定在那里；/ 我潜伏阴间，你也在那里。/ 即使我展开清晨的翅膀，/ 飞到西方的海极，/ 你一定在那儿带领我；/ 你会在那儿帮助我。"《阿摩司书》9:2—3："哪怕他们挖了地洞，钻进阴间，我也要把他们抓出来！哪怕他们爬上天，我也要把他们拉下来！哪怕他们逃到迦密山山顶，我也要去搜索，把他们找出来！哪怕他们藏在海底，我也叫海怪吞吃他们！"《耶利米书》23:23—24："我是无所不在的上帝。没人能躲避我，是我看不见他。难道你不知道，我在天地的每个角落吗？"

上帝的教区执事①，战争是上帝的复仇②；所以，从前犯了王法的人，现在受到惩罚，在这儿为国王打仗。他们怕死，得在战争中偷生；他们求生，就会灭亡③。那么，倘若他们来不及准备就死了④，被罚下地狱，并非国王之过，就像他们以前犯了不敬上帝之罪，如今在此遭惩罚，国王概不负责一样。每个臣民的责任皆归于国王，但每个臣民的灵魂属于自己。因此，战场上的每一个士兵都该像卧床的病人，洗去良心上的每一粒微尘，这样死去，死得有益；即便没死，把时间花在准备如此幸运的事情上，值得。而对于逃过死亡的人，这样想也不算罪过，既然他把自身献

---

① 教区执事(beadle)，指英国负责教堂秩序、侍奉教士的教区执事，有权处罚教区琐事。

② 参见《旧约·耶利米书》51:20:"上主说:巴比伦哪！你是我的大铁锤，我的武器。我用你击碎了万邦列国。"《以西结书》5:12—13:"三分之一的人民要在城里病死、饿死，另三分之一要在城外死于刀剑；我要把剩下的三分之一驱散到四方，用我的剑追赶他们。我要把所有的愤怒倾注在你身上，直到息怒为止，我才满足。这样，你就知道因为你的不忠触怒了我；我——上主曾对你说过这话。"14:21:"至高的上主这样说:'我要用战乱、饥荒、野兽和瘟疫这四种最可怕的灾难，来惩罚耶路撒冷，把人和牲畜都灭绝。'"

③ 参见《新约·马太福音》16:25:"因为那想救自己命的，反而会丢命；那为我丧命的，反而会得命。"《马可福音》8:35:"因为那想救自己命的，反而会丢命；那为我和福音丧命的，反而会得命。"《路加福音》9:24:"因为那想救自己命的，反而会丢命；那为我而丧命的，反而会得命。"

④ 指有犯罪前科的士兵在战场上来不及忏悔就战死了。

　　　　　　　　给了上帝，上帝让他活到那一天，为的是让
　　　　　　　　他目睹上帝之伟大，教别人应如何为死亡做
　　　　　　　　准备。

威廉姆斯　　　那肯定，每个在罪孽中死去的人，罪孽落他
　　　　　　　　自己头上①，国王概不负责。

贝茨　　　　　虽没指望他对我负责，可我还是决心为他
　　　　　　　　死战。

亨利五世　　　我亲耳听国王说，他不愿交赎金。

威廉姆斯　　　唉，他这样说，是为了鼓舞士气。但等我们的
　　　　　　　　喉咙一被割断，他八成就被赎回来了，我们
　　　　　　　　从不耍心眼儿。

亨利五世　　　我若活着见到这事儿，以后永远不信他的话。

威廉姆斯　　　以弥撒起誓，这就算你惩罚他了。一个平头
　　　　　　　　百姓对君王心怀不满，只能如此，一把玩具
　　　　　　　　枪里射出的子弹能有多危险！你不妨试试，
　　　　　　　　用一根孔雀毛把太阳扇得结成冰。你以后永
　　　　　　　　远不信他的话！算了吧，那是蠢话。

亨利五世　　　你责备得有点太不客气了，若换个时间，我

---

　　① 参见《旧约·撒母耳记上》25:39："大卫听说拿八死了，就说：'赞美上帝！他为
我报了拿八侮辱我的仇，还使我——他的仆人没做错事。上主把拿八的罪落他自己
头上。'"《列王记上》2:32："上主要约押自负杀人之罪，因为他瞒着我父亲大卫去杀
人。约押杀了两个比他正直的人。"《诗篇》7:16："他的邪恶必落在自己头上，他的暴
行必落在自己头上。"

	得冲你发脾气。
威廉姆斯	这算咱俩的一个争执，你先活下来再说。
亨利五世	我衷心接受。
威廉姆斯	那我下次怎么认你？
亨利五世	随便给我一件抵押品，我把它戴帽子上。到时候，只要你敢指认，我便拿它当挑战①。
威廉姆斯	这是我的手套。给我一只你的。
亨利五世	拿着。（俩人交换手套。）
威廉姆斯	我也把这只戴帽子上。等过了明天②，如果你来跟我说"这是我的手套"，以这只手起誓，我就扇你一耳光。
亨利五世	如果我活着见到它，我就向它挑战。
威廉姆斯	不如干脆说，你敢上绞架。
亨利五世	好吧，我会的，哪怕我发现你跟国王在一起。
威廉姆斯	说话算话。再见。和为贵，你们这两个英国傻蛋，和为贵。如果你们还识数，就该知道，我们跟法国人的争斗不算少了。（众士兵下。）
亨利五世	没错，因为法国人的赌注长在肩膀上，他们可以拿二十对一的法国克朗③打赌，定能击

---

① 骑士时代，决斗双方可预设抵押品作为挑战凭证，时机一到，以此为凭，双方再行决斗。

② 意思是：等明天阿金库尔之战结束之后，只要我还活着。

③ 克朗(crowns)，法国金币，此处的双关意指"人头"，意即法国军队人数占优，故敢以二十对一的"人头"(克朗)打赌，必能战胜英军。

败我们。但英国人从法国钱上削金刮银①无罪，明天国王会亲自动手削刮法国钱②。责任都算国王头上！——让我们把生命、把灵魂、把债务、把揪心的妻子、把子女、把罪过，都加在国王身上！我必须承受一切。困境啊，与伟大同时落生，要遭受每一个傻瓜的指摘，而那傻瓜，除了他自己各式各样的病痛，什么也感受不到！平民百姓能享受无限的内心平静，国王偏就不能！除了威仪，——除了公开的威仪，国王还有什么，是百姓没有的？而没用的威仪，你算什么东西？你是哪路大神，要比你的崇拜者遭受更多人间苦楚？你有多少税金？你有多少收益？威仪啊，让我看看你值几个钱！你的灵魂叫人崇拜，凭什么呀？除了地位、等级、威仪，叫人敬畏、害怕，你还有什么？正因为你叫人害怕，你比怕你的人更不开心。除了奉承的毒液，替代崇敬的蜜汁，你还能常喝什么？啊，伟大的权力，生一场病，叫你的威仪给你治！你以为单凭

---

① 旧时，王国铸造钱币，均由国王下令。若有人以利刃刮削金、银币的边缘牟利赚钱，当以死罪论处。故此处的双关意指，英国人用刀剑砍法国人的脑袋(从法国钱上削金刮银)无罪。

② 亨利五世意在鼓励士兵，国王(即他自己)明天会亲自出战砍杀法国人的脑袋。

奉承吹出来的头衔,就能使你降温退烧? 一有
人冲你屈膝打躬,病就没了? 你有权叫一个乞
丐给你下跪,可你能对健康下命令吗? 不,你这
骄傲的梦想,竟如此狡诈地耍弄了一个国王的
安宁。我这个国王看透了你的本性,我知道,不
论圣油①、王笏、金球②、宝剑、权杖、帝国王冠、
镶金嵌宝的王袍,国王名字前一长串矫饰的尊
号,端坐在上的王座,还是拍打这尘世高高海
岸的浮华的潮汐,——不,这一切都没用,哪怕
把所有炫目华贵的威仪都堆在君王的床榻上,
也不能让他像贱奴似的酣然入眠。贱奴的身
子,填满凭力气挣来的面包,脑子空空,倒头就
睡;他永远见不到可怕的黑夜③,地狱之子;他
像个仆人似的,从日出到日落,在福玻斯④眼皮
底下流汗,整夜在伊利西姆⑤睡觉;第二天,黎
明破晓,他与太阳同起,帮亥伯龙⑥套马;他如
此追随岁月流光,辛劳一生,走进坟墓。除了威

---

① 圣油(balm),国王加冕典礼时涂在头上的膏油。

② 金球(ball),君主的圆球,象征国王作为上帝代理人在地球上的权力。

③ 指贱奴辛苦一天,疲乏劳累,天黑以前便呼呼大睡。

④ 福玻斯(Phoebus),即罗马神话里的太阳神。

⑤ 伊利西姆(Elysium),希腊神话中贤人死后的居所,代指极乐世界,或乐园。

⑥ 亥伯龙(Hyperion),古典神话中的泰坦巨神之一,有时指太阳之父,有时指太阳自身。

仪,这样一个可怜虫,白天干苦力,夜里睡大觉,比一个国王占便宜。奴隶,分享国家之太平,且安享太平;但他愚钝的脑子并不知晓,在平民百姓最得好处之时,国王为维护和平,睡得多不安稳。

(欧平汉上。)

欧平汉	陛下,您的贵族们见您不在,替您担心,为找着您,搜遍了整个军营。
亨利五世	高贵的老骑士,召集他们到我的营帐。我先走一步。
欧平汉	我马上去办,陛下。(下。)
亨利五世	战神啊!让我的士兵心如钢铁,别叫恐惧占据他们的心!现在就叫他们不会识数,别等到敌军的数量使他们丧失勇气!——别在今天,啊!上帝,啊!别在今天,想起我父王图谋王位的罪孽①!理查的骸骨,我已重新埋葬;我为他洒下痛悔的泪水,比他遇害时流的血还多。我每年养活五百个穷人,他们每天两次,高举干枯的双手,祈求上天宽宥这谋杀之罪;我捐建了两座礼拜堂,在那儿,直到今天,庄严肃穆的牧师还在为理查的灵魂

---

① 指亨利四世篡夺理查二世的王位,并指使手下杀死囚禁中的理查。

颂唱弥撒。我会做得更多;即使我所能做的
这一切毫无价值,毕竟我在为他赎罪,恳求
宽恕。

(格罗斯特上。)

格罗斯特　　　陛下!

亨利五世　　　我弟弟格罗斯特的声音?——是他;

　　　　　　　知道你因何而来,我愿与你同往——

　　　　　　　朋友们,这一天和一切都在等我。(同下。)

第二场

阿金库尔附近法军营地。

（王太子、奥尔良公爵、朗布尔勋爵，及其他上。）

奥尔良　　太阳给我们的盔甲镀了金；起来吧，诸位大人！

王太子　　上马①！——侍从，我的马！侍从②！喂！

奥尔良　　啊，勇敢的精灵③！

王太子　　走吧，——跨越水和土④！——

奥尔良　　没别的了？气和火呢⑤？——

王太子　　还有天⑥！奥尔良老弟。

---

　　① "上马"原为法文 Monte a cheval!（i.e. To horse.）

　　② "侍从"原为法文 Laquais!（i.e. Lackey）。

　　③ 奥尔良公爵称赞王太子的马是"勇敢的精灵"。

　　④ "跨越水和土"原为法文 Via, les eaux et la terre.（i.e. Go through and over water and earth.）旧时人们以为宇宙由火、气、水、土四大元素构成。王太子在想象自己骑着战马，跨越河流和坚实的地面。

　　⑤ "没别的了？还有气和火"原为法文 Rien puis? L'air et feu.（i.e. Nothing else? Air and fire.）

　　⑥ "还有天"原为法文 Cieux.（i.e. the heavens.）王太子在想象自己纵马一跃的高度。

（大元帅上。）

王太子　　啊，大元帅！

大元帅　　听，我们的战马，嘶鸣着恨不得立即交战！

王太子　　上马，用马刺刺破马身，让战马的热血刺进英
　　　　　国人的眼睛，用战马的豪勇血性扑灭他们的眼
　　　　　睛。哈！

朗布尔　　怎么，你要叫他们哭出我们的马血？那我们怎
　　　　　么能看到他们的泪水？

（一信差上。）

信差　　　诸位法国贵族，英军已列好战阵。

大元帅　　上马，英勇的贵族们，立刻上马！只要看一眼那
　　　　　边那帮饥饿的穷汉①，你们壮观的军阵便足以
　　　　　吸走他们的灵魂，叫他们只剩一副徒有人形的
　　　　　皮囊。没多少活儿，用不着我们都出马；他们病
　　　　　态血管里的血，还不够我们每一把出鞘的短剑
　　　　　沾上一滴，今天，法兰西勇士们的出鞘之剑，将
　　　　　因玩儿不尽兴而收剑入鞘。只要冲他们吹口
　　　　　气②，我们的豪勇之气就能把他们掀翻在地。这
　　　　　一切都是明摆着的，诸位大人，我们军中侍从、
　　　　　乡民过剩，——无事可做，把他们聚拢起来，组

① 法军大元帅以"那帮饥饿的穷汉"代指英军。
② 参见《旧约·以赛亚书》40:24:"他们像幼小的植物，/ 刚抽芽长根。/ 上主只
一吹，便都干枯;/ 旋风一起，他们就像麦秸被吹散了。"

成方阵，——便足以将这群可鄙的敌人清出战
场；我们索性驻足这山脚下作壁上观，——只
是，我们为荣誉而战，不能这样做。还有什么说
的？我们只要稍微卖点劲儿，一切就结束了。

因此，吹响进军号角，

让军号催促将士上马：

我们的阵势将把英王

吓瘫在地，俯首称臣。①

（格兰普雷上。）

格兰普雷　　法兰西的大人们，你们还等什么呢？那边岛
上来的尸首②，没保命的希望了，他们与清晨
的战场不相称：战旗破烂不堪，任凭我们的
微风随意轻蔑地摇撼；在这支贫困的军队
里，连伟大的马尔斯③也显得一脸寒酸，从一
具生锈的面甲向外窥视，眼神虚弱无力。他
们的骑兵戳在那儿，手持火炬，活像蜡烛架④；
他们的驽马⑤蔫头耷脑，皮松臀软，死白的眼
里淌着眼屎，苍白、迟钝的马嘴口衔嚼铁，粘

---

① 吓瘫在地(dare the field)，原为放鹰捕猎术语，指放鹰于空中，足以把地上的
鸟儿吓得不敢飞起，猎者可随手擒获。

② 指英国人。

③ 马尔斯(Mars)，罗马神话中的战神。

④ 指英军骑兵像金属蜡烛架一般呆立在两军阵前。

⑤ 驽马，指不值钱的贱马。

满咀嚼过的脏草,一动不动,毫无生气;他们的遗体处理者①,那些狡诈的乌鸦,全飞在他们头顶盘旋,心急火燎地等着他们死去。这样一支毫无生气与活力的军队,简直无法用言语来描绘。

大元帅　他们祷告过了,等死呢。

王太子　我们要给他们送完饭和新衣,给他们饿肚子的马送完饲料再开战吗?

大元帅　我只是在等信号旗②。——冲向战场! ——情急之下,我要从军号上取下一面小旗,

用它当信号旗。来,来吧,开拔!

太阳升得老高,我们浪费了一天。(同下。)

---

① 遗体处理者(executors),也可译为"死刑执行者",指乌鸦在等着吃战败后的英军将士的腐肉。

② 信号旗(guidon),国王或将军指挥打仗所用的军旗。

第三场

阿金库尔附近英军营地。

（格罗斯特、贝德福德、埃克塞特、索尔斯伯里，及威斯特摩兰上。）

格罗斯特　　　国王在哪儿？

贝德福德　　　国王骑着马观察敌阵去了。

威斯特摩兰　　敌军足有六万兵力①。

埃克塞特　　　五比一；而且，都是生力军。

索尔斯伯里　　愿上帝与我们一同战斗！众寡太悬殊了。诸位大人，上帝与你们同在；我要去指挥部队。倘若我们在天堂见面之前不再见，那么，高贵的贝德福德公爵、亲爱的格罗斯特公爵、仁慈的埃克塞特公爵、宽厚的亲家②，全体勇士们，我要高兴地向你们辞行。

---

① 直译为：他们的作战部队足有六万之众。

② 宽厚的亲家，指威斯特摩兰伯爵。威斯特摩兰之子是索尔斯伯里的女婿。

贝德福德	再见，仁慈的索尔斯伯里，好运与你相伴！
埃克塞特	再见，好心的大人。今天要英勇作战。但我提醒你这一点实属冒昧，因为你坚定的勇气与生俱来。（索尔斯伯里下。）
贝德福德	他一身勇气，一身仁慈，两者都高贵。

（亨利五世上。）

威斯特摩兰	啊，只愿今天在英格兰无事可做的闲人，来此补充一万兵力！
亨利五世	谁有如此愿望?是威斯特摩兰老弟? ——不，我可敬的老弟，倘若我们注定死去，这损失足以让英格兰痛惋;假如我们命不该绝，人越少，分享的荣誉越大。听凭上帝的旨意!恳请你，不要希望再增一兵一卒。周甫①在上，我非贪财之人，不在乎有谁吃我喝我;谁穿了我的衣服，我也不心疼，这些身外物全不在我心上。但假如贪求荣誉也算一宗罪过，我便是世上最有罪的那一个。不，说实话，老弟，别希望英格兰再添一兵一卒。愿上帝保佑!为我最美好的心愿，我不愿因多加一人，使这样伟大的荣誉受损，不愿再有人分享这荣誉。啊，不要

① 周甫(Jove)，即罗马神话中的主神朱庇特(Jupiter)。

希望再多添一人！干脆告知全军，威斯特摩兰，
凡无意参加这次战斗者，让他离开①，给他签发
通行证②，把旅费放进他钱袋：我不愿与那贪生
怕死之人同生共死。——（向众人）今天这个日
子被称作圣克里斯品节③：凡活过今天、安然回
乡之人，每当忆起这一天，都会心绪高昂，都会
因克里斯品的名义而振奋；凡活过今天、安详
终老之人，每年都会在节前头一天傍晚，宴请
街坊邻里，并说："明天就是圣克里斯品节！"然
后，卷起袖子，露出伤疤，说："这些全是我在圣
克里斯品节受的伤。"人老健忘；但哪怕忘掉所
有往事，他仍会不无夸饰地记得，他在那一
天立下怎样的战功。然后，像聊家常一样，顺嘴说
出我们的名字，——哈里国王，贝德福德和埃
克塞特，沃里克和塔尔伯特，索尔斯伯里和格
罗斯特，——举杯祝酒之时，清晰记起旧时往
事。老人家会把这故事讲给儿子；从今天直到

---

① 参见《旧约·申命记》20：8："官长要对手下说：'你们中有谁胆怯、惊惶，可以
回去。否则，他会影响全军士气。'"

② 通行证（passport），指获准通行法国、登船返乡的证件。

③ 圣克里斯品节（the feast of Crispin, i.e. Saint Crispin's day），10 月 25 日，为耶
稣基督殉道的克里斯品孪生兄弟设立的纪念日。公元 285（或 286）年 10 月 25 日，克里
斯品兄弟在罗马皇帝戴克里先（Diocletian，244—311）统治期间（284—305）被砍头。

世界末日，圣克里斯品节将不再虚度，只因它记住了我们的名字，——我们这几个人，我们这几个幸运之人，我们这群兄弟；因为谁今日与我一同流血，谁就是我的兄弟；甭管他地位多么低下，这一天将使他身份变得高贵：眼下，在英格兰呼呼大睡的绅士们将因其身不在此而自认倒霉；而且，无论谁开口提及，在圣克里斯品节这天与我们并肩战斗，他们都会觉得英雄气短。

（索尔斯伯里上。）

索尔斯伯里　　陛下，赶快行动。法国人列阵完毕，好不气派，马上就要进攻我们。

亨利五世　　　只要心里做好准备，就万事俱备。

威斯特摩兰　　此刻，谁退缩一步，谁注定毁灭！

亨利五世　　　老弟，你不再盼英格兰的援军了？

威斯特摩兰　　全凭上帝意旨！陛下，愿只有你我二人，毫无援兵，打好这场争夺王位之战①！

亨利五世　　　嘿，你现在连这五千人也不想要了；这比让我们多加一人的愿望，更令我高兴。

---

① 争夺王位之战（the royal battle），指打赢阿金库尔战役，亨利五世即可成为法兰西国王。

——(向众人)你们都知道自己的岗位。上帝与

你们同在！

(军号响。蒙乔上。)

蒙乔　　　　哈里国王，我再次前来，想获知，你在必遭灭

顶之前，现在是否愿以赎金求和。因为你的

确身临漩涡，势必被吞没。此外，大元帅心怀

慈悲，希望你提醒部下别忘了忏悔①，好让他

们的灵魂安详、愉悦地撤离战场，反之，这些

苦命人可怜的肉体，只好躺在这里烂掉。

亨利五世　　这回谁派你来的？

蒙乔　　　　法兰西大元帅。

亨利五世　　请你把我原来的答复带回去：叫他们先赢②

了我，然后卖我的骸骨。仁慈的上帝！他们为

何如此嘲弄可怜人？狮子还活着，有人先卖

狮子皮，结果猎狮丢命③。毫无疑问，我们大

多数人将葬于故土④，我相信，坟茔之上还将

以黄铜纪念碑永远见证这一天的功绩。那些

把骸骨留在法兰西的勇士，死得壮烈，哪怕

---

① 指临终前忏悔生前罪孽。

② 赢(achieve)，战胜；也可解作"擒获"，即："叫他们先擒获我。"

③ 此句源自谚语："熊(狮子)还没逮先卖熊(狮子)皮。"to sell the bear's (lion's)skin, before the beast is caught.指愚蠢、危险之举。

④ 亨利五世对打赢阿金库尔之战充满信心，指参战的大多数英军将在战斗中活下来。

埋在你们的粪堆里,势必名垂青史;因为在那儿,太阳向他们致敬,会把他们的英烈之气①带入天堂,留下他们的尸骸窒息法兰西的空气,那气味必将滋生一场瘟疫。到那时,看我们英国人的豪气,人虽死,却像子弹的跳射,当他们尸体腐烂时,还能以致命的弹射再度杀敌。让我骄傲地说:——告诉大元帅,我们是打仗的勇士,不是来度假的;我们耀眼的戎装和镀金的佩饰,全在艰苦地形的冒雨行军中褪色。全军将士的头盔上已不剩一根羽毛②,——我希望,这恰好证明,我们无法飞逃,——时间把我们磨损得凌乱不堪。但我以弥撒起誓,我们的心都已精心打扮③。我可怜的士兵们对我说:天黑前,他们要穿上光鲜的袍子;要不,就把法国士兵艳丽的新衣服,从头顶生剥硬拽下来,把他们遣散④。倘若他们这么干——如蒙上帝恩准,

① 呼吸(reeking, i.e. breathing),亦可解作"气息"(smelling),或指在战斗中留下的血污之气。

② 指装饰头盔的羽毛。

③ 转义指:我们都已做好备战。

④ 此句稍有费解,意思应是解雇仆人的做法——仆人遭东家解雇,离开之前,要将东家给的衣服脱下来。——用在法军身上,即再次凸显亨利五世自信满满:法国士兵最好别等英军动手,就把光鲜的袍子拱手送给英军穿上,如若不然,英军在打赢这一仗之后,就要把法军的新衣服生剥硬拽下来。

他们会的——那我的赎金很快就筹齐了。使者，省点儿力气。高贵的使者，别再为赎金劳神。除了我这把骨头，我发誓，他们什么也得不到；即便我这副骨架落他们手里，也没什么用①，告诉大元帅吧。

蒙乔　　　　　我照此回禀，哈里国王。那告辞了。再不会有使者前来传话。(下。)

亨利五世　　　恐怕你会再来谈赎金。
(约克上。)

约克　　　　　(跪地。)陛下，我最谦卑地跪求陛下，准我统率先头部队。

亨利五世　　　准了，勇敢的约克。

　　　　　　　　——士兵们，立刻出发！——

　　　　　　　上帝，今日胜负，全凭您安排！(同下。)

---

① 亨利五世言下之意，自己会拼死血战，即便战败，尸体落在法军手里，也只剩一副骨架。

第四场

阿金库尔战场。

(战斗警号。舞台过场两军交战。皮斯托,一法军士兵,及侍童上。)

皮斯托　　　狗东西,投降!

法军士兵　　我觉得您是位高等级的绅士①。

皮斯托　　　啥等级我的甜心少女②?你是绅士吗?叫啥名字? 说!

法军士兵　　主上帝啊!

皮斯托　　　哦,庄园主该是个绅士③:——考虑好,庄园主啊,听着:庄园主啊,(拔剑。)我一剑捅死你,庄园主啊,除非,你给我大大的一笔赎金。

---

① 此句也可解作:我觉得您是位有教养的绅士。本场,法军士兵一直说法语。

② 皮斯托听不懂法文,在此胡诌一句 Qualtitie calmie custure me,其中 Qualtitie 为对上句法军士兵 Qualite(等级)的重复,并发错了音,calmie custure me 为一句当时流行的爱尔兰文歌词"我的甜心少女"。

③ 皮斯托听不懂法文,把"主上帝"(Seigneur Dieu!)误听为"庄园主"(Signieur Dew)。

法军士兵	啊,怜悯我吧!可怜可怜我吧!
皮斯托	一"莫伊"不行,我要四十"莫伊"①,不然,我就把你的胃黏膜,从你嗓子眼儿里血呲呼啦地抠出来。
法军士兵	还挣不脱你的臂力吗?
皮斯托	铜币②?狗东西!你这该下地狱的淫荡山羊,拿铜钱糊弄我?
法军士兵	啊,饶了我吧!
皮斯托	这是你说的?给我一大堆"莫伊"③? ——(向侍童)过来,孩子,用法国话问这奴才叫什么。
侍童	听着,你叫什么?
法军士兵	勒·费尔先生。
侍童	他说他叫铁先生④。
皮斯托	铁先生?我要揍他、抽他⑤、撕咬⑥他。用法语说给他听。
侍童	我不知法语的"揍""抽""撕咬"怎么说。

---

① 皮斯托把法语"我"(moi)误听成"莫伊"(moy),并以为是一种货币。
② 皮斯托把法语的"手臂"(bras)误听成"铜币"(brass)。
③ 皮斯托把法语"饶了我吧"(pardonnez-moi!)误听成"给我一吨'莫伊'"(Is that a ton of moys?)
④ 勒·费尔先生(Monsieur le Fer),法文"le Fer"是英文"铁"(iron)的意思。
⑤ "抽"(firk),指用鞭子抽打,或含性意味,与"操"(fuck)双关。
⑥ "撕咬"(ferret),或含性意味,指性交。

皮斯托	叫他准备好,我要割他喉咙。
法军士兵	他说什么,先生?
待童	他命我叫你准备好,因为这个当兵的打算,就这会儿,割你喉咙。
皮斯托	对,凭信仰起誓,割你喉咙[①]。快给我金币,锃亮的金币;不然,我乱剑砍死你。
法军士兵	啊,求求你,为了上帝之爱,饶了我吧! 我是好人家的绅士;饶我不死,我给你两百金币[②]。
皮斯托	他说的啥?
待童	他求你饶他一命。他是好人家的绅士,愿给你两百金币当赎金。
皮斯托	告诉他,我怒气消了,愿意要他的金币。
法军士兵	小先生,他说什么?
待童	他说,饶过任何一个俘虏都有悖誓言,但看在你金币的份上,还是打算给你自由,放了你。
法军士兵	(跪下。)我跪下,向你道一千次谢。我觉得,多亏我落在一位骑士手里,我想,他是全英格兰最勇敢、最勇武、最可敬的一位贵族。

---

① 此句为皮斯托所说的蹩脚法语 Owy, cuppele gorge, permafoy.
② 金币(crowns),即当时欧洲许多国家通用的"克朗"。

皮斯托　　孩子,解释给我听。

侍童　　　他跪下来,给你道一千个谢;他觉得他落您手里很幸运,认为您是全英格兰最勇敢、最勇武、最可敬的一位贵族。

皮斯托　　别看我吸人血,我也有慈悲心。——狗东西,跟我走吧。(下。)

侍童　　　快跟上这位伟大的队长!(法军士兵下。)——我从不知一颗这么空洞的心能发出这么大的声儿。还是老话说得对:——"空瓶儿出大声儿!"巴道夫和尼姆的勇气,比这个老戏里叫嚣的魔鬼①大十倍,谁都能拿木片刀剪他指甲。这两人被吊死了;要是这个胆敢偷什么东西,也得吊死。我得和仆人们一块儿,守着军营里的行李。要让法国人知道,这儿都是些毛孩子,没人守卫,准会来打劫(下。)

---

① 侍童把皮斯托比成"老戏"(即旧道德剧或宗教剧)里的魔鬼。魔鬼是道德剧中一个咋呼、胆小的角色,因其指甲又尖又长,所以每当有人要打他,或给他剪指甲,他就大喊大叫。道德剧中与"魔鬼"一同出现的喜剧角色是"罪恶"(Vice),"罪恶"常威胁用手里的木片刀给"魔鬼"剪指甲。参见《新约·彼得前书》5:8:"你们的仇敌——魔鬼,正像咆哮的狮子走来走去,搜寻可吞吃之人。"

第五场

战场另一部分。

（大元帅、奥尔良、波旁、王太子、朗布尔上。）

大元帅　　啊,魔鬼①!

奥尔良　　啊,上帝! ——今日一败,满盘皆输②!

王太子　　我命休矣③! 一切都毁了,全毁了! 谩骂和永久
　　　　　的耻辱坐在戴羽毛的头盔上嘲笑我们。——
　　　　　啊,邪恶的命运④!（一声短促的军号。）——不能逃。

大元帅　　唉,我军已全线崩溃。

王太子　　啊,永久的耻辱! ——我们干脆刺死自己! 难
　　　　　道这就是那些当初我们为他们掷骰子打赌的
　　　　　可怜虫吗?

---

　　① 原为法文 O diable! i.e. O the devil!

　　② 原为法文 O Seigneur! Le jour est perdu, tout est perdu! i.e. O Lord! The day
is lost, all is lost!

　　③ 原为法文 Mort de ma vie! i.e. Death of my life! ;Death to my life! .

　　④ 原为法文 O mechante fortune! i.e. O wicked fortune!

奥尔良　　这就是那位我们派人去要赎金的国王吗?

波旁　　　耻辱,永恒的耻辱,无以复加的耻辱!让我们为
荣誉而死①!杀回去!再战!现在谁不跟我波旁
杀回去,谁就离开这儿,手里拿着帽子,像个贱
奴似的,给一个还没我的狗高贵的奴才把门
儿,让那奴才在屋里糟蹋他最美的女儿。

大元帅　　混乱,毁了我们,现在成全我们吧!让我们都把
命献给战场。

奥尔良　　战场上我军幸存的兵力足够,只要想出怎么部
署,哪怕我们挤在一起,也能把英国人闷死。

波旁　　　叫部署见鬼去! 我要冲进敌阵;
　　　　　让我把命缩短,否则耻辱更长。(同下。)

---

① 此句在"第一对开本"中为"让我们战死沙场!"(Let us die!)牛津版为 Let's die in honour.

第六场

战场另一部分。

(军号响。亨利国王率英军,并押俘虏,埃克塞特,及其他上。)

亨利五世　神勇的同胞们,打得漂亮。战斗尚未结束,战
　　　　　场上还有法军残余。

埃克塞特　约克公爵向陛下致意。

亨利五世　高贵的叔叔,他还活着?这一小时之内,我见
　　　　　他三次倒下,又三次站起再战,从头盔到马
　　　　　刺全是血,成了一个血人。

埃克塞特　他,勇敢的战士,浑身是血,躺在那儿,血肥
　　　　　沃着大地;在他血淋淋的身旁,他的伙伴,高
　　　　　贵的萨福克伯爵,满身荣誉的伤口,也躺在
　　　　　那儿。萨福克先死了,约克,被砍得浑身刀
　　　　　伤,爬到他身边,他浸在血里;约克抓着他的
　　　　　胡子,吻着他脸上又深又长的血口子,大声
　　　　　喊:"等我一下,亲爱的萨福克老弟! 我的灵

魂要陪你的灵魂一起上天堂；亲爱的灵魂，等一下我的灵魂，然后并肩高飞，就像在这场荣耀的浴血奋战中，咱俩携手英勇杀敌！"他说完这几句话，我走过去，安慰他。他冲我微笑，抓过我的手，无力地握了一下，说："亲爱的大人，代我向陛下表达忠心！"说完，翻过身，用伤臂搂住萨福克的脖子，吻着他的嘴唇，就这样，与死神结亲，用血签下一份高贵的、写满生死之爱的遗嘱①。这完美、动人的举止，迫使我流下眼泪，想忍都忍不住；只怪我没多少男子气，他的全部柔情涌进我双眼，把我交给泪水。

亨利五世　我不怪你，因为听你一说，我迷离的双眼若不向泪水妥协，眼泪也会一涌而出。——(战斗警号。)但是，听！怎么是新吹响的战斗警号？四散的法军有了援兵。——那好，传我命令，每个士兵把手里战俘统统杀掉！(同下。)

① 此处行为化用《圣经》典故。参见《新约·马太福音》26:27—28："接着，他(耶稣)拿起杯来，向上帝感谢后，递给他们，说：'你们都喝吧，这是我的血，因印证上帝跟人立约的血，为使许多人的罪得到赦免而流。'"

第七场

战场另一部分。

（军号响。弗艾伦与高尔上。）

弗艾伦　　把看守行李的侍童全杀了！这完全违反交战法则：——这是十足的恶人的恶行，现在您留心，坏到家了，就这会儿，您凭良心说，是不是？①

高尔　　　的确，没留一个活口儿，这场屠杀准是那些胆小的恶棍逃兵干的，除了这，他们还烧了国王的营帐，把东西抢个精光；所以，国王下令每个士兵把俘虏的喉咙割喽，理所当然。啊，好一个英勇的国王！

弗艾伦　　嗯，他生在蒙茅斯②，高尔上尉。亚历山大"猪"帝③出生的那个城市，您叫它什么？

----

① 弗艾伦是威尔士人，英语说得磕磕绊绊。
② 蒙茅斯（Monmouth），英国旧郡名，位于威尔士南部，临近英格兰边境。
③ 弗艾伦的威尔士口音很重，把亚历山大大帝的"大"（Big）说成"猪"（Pig）。

高尔	亚历山大大帝。
弗艾伦	嘿,我请问,"猪"不大吗?猪,或伟大,或强大,或巨大,或宽大,都一回事儿,只是说法稍有不同。
高尔	我想,亚历山大大帝生在马其顿,他父亲叫马其顿的腓力①,我记得是这样。
弗艾伦	我想,亚历山大就生在马其顿。听我说,上尉,如果您看世界地图,准保会发现,把马其顿和蒙茅斯比较一下,您看那地形,两地儿很像。马其顿有一条河,蒙茅斯也有一条河,叫瓦伊河②;马其顿那条河叫什么,我脑子不灵了。不过,这俩没啥不同,活像我这几个手指头跟这几个手指头没啥不一样,两条河里都有鲑鱼。您只要好好留意亚历山大的一生,蒙茅斯的哈里简直踩着他的脚印,因为万物都有可比之处。亚历山大,——上帝知道,您也晓得,——他在愤怒之下,狂怒之下,激怒之下,暴怒之下,大发脾气,大为光火,急火攻心,再加上醉醺醺的酒劲儿上头,的确,在酒力和怒气之下,您瞧,就把

---

① 马其顿(Macedon),今希腊北部地区。亚历山大大帝(Alexander the great,前356—前323)出生在古希腊马其顿王国的首都佩拉(Pella),其父为马其顿国王腓力二世(Philip Ⅱ of Macedon,前382—前336)。

② 瓦伊河(river Wye),位于威尔士和英格兰交界处。

　　　　　　　　　他最好的朋友克雷塔斯①,给杀了。

高尔　　　　　在这上,我们国王可不像他。国王从没杀过
　　　　　　　　一个朋友。

弗艾伦　　　我故事还没讲完,现在您得留神,从我嘴里
　　　　　　　　抢话,这不大好。那我就顺嘴把他俩比一下:
　　　　　　　　好比亚历山大在贪杯之后杀了他的朋友克
　　　　　　　　雷塔斯,蒙茅斯的哈里也这样,在脑瓜灵活
　　　　　　　　和明辨是非之下,赶走了那个腆着大肚子穿
　　　　　　　　紧身夹克的胖爵士。他一肚子笑话、风凉话、
　　　　　　　　鬼点子、恶作剧,——想不起他叫什么了。

高尔　　　　　约翰·福斯塔夫爵士。

弗艾伦　　　就是他。——我跟您说, 好多好人都生在
　　　　　　　　蒙茅斯。

高尔　　　　　陛下来了。

(战斗警号。哈里国王、波旁及其他战俘上。沃里克、格罗斯特、埃克塞特,及
其他上。喇叭奏花腔。)

亨利五世　　自从来到法国, 直到孩子们死的这一刻,我
　　　　　　　　没发过怒。传令官,带一名号手,骑上马,通
　　　　　　　　知那边山上的骑兵②。他们若想跟我一战,叫
　　　　　　　　他们下来,否则,撤离战场。我瞅他们碍眼。

---

　　　① 克雷塔斯(Cleitus),亚历山大大帝的密友兼麾下大将,在一次酒后争吵中,被
亚历山大所杀。
　　　② 指法军骑兵。

　　　　　　　　若既不战、也不退，我要亲自出马，把他们赶
　　　　　　　　跑，叫他们跑得比古代亚述人①射出去的石
　　　　　　　　弹还快。还有，把那些战俘的喉咙全割了，一
　　　　　　　　个也别想尝到我们的仁慈。——去，就这么
　　　　　　　　告诉他们。

（蒙乔上。）

埃克塞特　　　法国的使者来了，陛下。

格罗斯特　　　他眼神比以前谦卑了不少。

亨利五世　　　怎么回事？使者，此番为何而来？难道你不记
　　　　　　　　得，我要以这副骨头架子当赎金吗？你还是
　　　　　　　　来讨赎金的？

蒙乔　　　　　不，伟大的国王。我来求您恩准，准许我们走
　　　　　　　　遍这血腥的战场，记录阵亡，然后把他们埋
　　　　　　　　葬；准许我们把贵族从普通士兵中挑出来。
　　　　　　　　因为——眼前这情景太惨了！——我们有
　　　　　　　　许多贵族浸泡在雇佣兵②的血水里；乡民的
　　　　　　　　四肢又被贵族们的血泊浸透。负伤的战马在
　　　　　　　　没过马蹄的血流中挣扎，狂怒嘶鸣着用带铁
　　　　　　　　的马蹄，猛踢他们死去的主人，再一次将他
　　　　　　　　们杀死。啊！伟大的国王，请准许我们，平安

---

① "古代亚述人"(old Assyrian)，擅以弓弩发射石弹著称。
② "雇佣兵"(mercenary)，即花钱雇来打仗的士兵。

地查看战场,处理阵亡者的尸体!

亨利五世	实话告诉你,使者,我不知我们是否赢了这一仗;因为战场上你们还有很多骑兵在飞奔。
蒙乔	胜利是你们的了。
亨利五世	那该赞美上帝,胜利并非因为我们的力量!——那边矗立的城堡叫什么名字?人们叫它阿金库尔。
	那这一仗就叫阿金库尔之战,圣克里斯品节是我们战斗的日子。
弗艾伦	您英名永存的曾祖①,请陛下见谅,还有您叔祖,威尔士的"黑王子"爱德华,我从历史记录上读到,就在这儿的法兰西土地上,打过最勇敢的一仗。
亨利五世	他们打过,弗艾伦。
弗艾伦	陛下说的非常对。陛下还记得吧,威尔士人在一个长韭菜的园子里打过一场漂亮仗,他们的蒙茅斯帽子②上都戴着韭菜;那韭菜,陛下晓得,直到眼下,在军中,仍是一种荣耀的标志。我深信,陛下在圣大卫节那天,也不会不屑于戴韭菜。

---

① 指爱德华三世。

② 蒙茅斯帽子(Monmouth caps),一种最初产于蒙茅斯的圆帽,无帽檐,圆锥形帽顶。

亨利五世	我要插韭菜,这是荣耀的纪念;老乡,你知道的,我是威尔士人①。
弗艾伦	这么说吧,倾尽瓦伊河的水,也洗不掉陛下身子里的威尔士血液。如蒙上帝恩典,上帝陛下也乐意,愿上帝祝福它,保佑它!
亨利五世	多谢你,仁慈的老乡。
弗艾伦	耶稣在上,我是陛下的老乡,我不怕谁知道。我愿向全世界承认这事儿。只要陛下是个诚实的人,我没啥为陛下羞愧的,赞美上帝吧。
亨利五世	上帝佑我如此②!(威廉姆斯上。)——叫传令官跟他③一起去,查实双方阵亡人数,向我禀报。(传令官和蒙乔下。)——(指威廉姆斯)把那边那家伙叫过来。
埃克塞特	当兵的,快去见国王。
亨利五世	当兵的,你帽子上为何挂一只手套?
威廉姆斯	回陛下,这是我同某人决斗的誓约,如果那人还活着。
亨利五世	一个英国人?
威廉姆斯	回陛下,一个无赖,昨晚跟我吵过一架。要是他还活着,敢来指认这手套,我就抽他一耳

---

① 亨利五世的曾祖母是一位威尔士公主。
② 即:"上帝佑我诚实!"
③ "他",指蒙乔。

	光,我是发过誓的;或者,若能见他帽子上挂着我的手套,——他曾发下一个军人的誓言,只要活着,便把那手套戴帽子上,——我一巴掌把它扇下来。
亨利五世	你这么看,弗艾伦上尉? 这个士兵信守誓言是否合适?
弗艾伦	回陛下,凭良心说,他若不遵守誓言,就是一个懦夫、一个坏蛋。
亨利五世	兴许对方是位身份高贵的绅士,无法回应一个士兵的挑战。
弗艾伦	哪怕这绅士高贵得比得上魔鬼,像路西法①和贝尔齐巴布②本人一样,陛下您瞅,他也得恪守承诺和誓言;倘若背弃誓言,您瞧着吧,他的恶名,准跟用脏脚丫子打上帝眼前走过的流氓无赖一样臭,我这可是掏心窝子的

---

① "路西法"(Lucifer),这是魔鬼撒旦因高傲被上帝从天堂赶出之前的名字,意思是"早晨之子""晓星"或"晨星"。

② "贝尔齐巴布"(Beelzebub),本义为"苍蝇之王",地位仅次于撒旦的魔王,在《新约》中被视为鬼王。参见《新约·马太福音》12:24—27:一天,耶稣治愈了一个被鬼附身、又瞎又哑的人,群众惊奇,法利赛人却说:"他会赶鬼,无非是依仗鬼王贝尔齐巴布罢了。"耶稣说:"如果我赶鬼是依靠贝尔齐巴布,那么,你们的子弟赶鬼,又是依仗谁呢?"10:25:"如果一家的主人被当作鬼王贝尔齐巴布,家里其他人岂不要受更大凌辱吗?"《马可福音》3:22:"有些从耶路撒冷下来的经学教师说:'他被贝尔齐巴布附身!他是依仗鬼王赶鬼的!'"《路加福音》11:15—19:耶稣赶走了一个哑巴鬼,群众都很惊讶,有人却说:"他是依仗着鬼王贝尔齐巴布赶鬼的。"耶稣回答:"你们说我赶鬼是依仗贝尔齐巴布,果然这样的话,你们的子弟赶鬼,又是依仗谁呢?"

话,哼①!

亨利五世	遇到那家伙,你就信守誓言,伙计。
威廉姆斯	会的,陛下,只要我活着。
亨利五世	你是谁的手下?
威廉姆斯	高尔上尉,陛下。
弗艾伦	高尔是个好上尉,通晓战法,熟读兵书。
亨利五世	当兵的,叫他过来见我。
威廉姆斯	遵命,陛下。(下。)
亨利五世	过来,弗艾伦。(递他威廉姆斯的手套。)替我戴着这纪念物,插你帽子上。这手套是我跟阿朗松②一起倒地时,从他头盔上揪下来的:若有谁前来指认,那必是阿朗松的朋友,也就是我的敌人;如果你对我既敬爱又忠诚,若碰到这么个人,就把他抓住。
弗艾伦	陛下恩典,乃臣民心向往之的无上荣耀:甭管他长几条腿,我真想见识一下③,叫他为这手套吃点苦头儿;我话说完了。唯愿上帝的恩典,叫我立刻见到他。
亨利五世	你认识高尔吗?

---

① "哼"(La),按发音应为"啦",表示惊叹的语气词。

② 据霍林斯赫德《编年史》载,阿金库尔之战,亨利五世曾与法军阿朗松公爵(Duke of Alencon)交战。但近代史家认为此说不实。

③ 直译为:我真想见识一下这位只长了两条腿的人。

弗艾伦	他是我亲密的朋友,陛下。
亨利五世	请你去找他,来我营帐。
弗艾伦	这就去。(下。)
亨利五世	沃里克大人、格罗斯特贤弟,你俩紧跟在弗艾伦身后。我给他当纪念物的那只手套,也许会叫他挨一耳光;手套是那士兵的,按约定,该戴我自己头上。跟上他,仁慈的沃里克老弟:假如那士兵打他,——我断定他是个直性子,一定说到做到,——万一伤着谁①;因为我深知弗艾伦勇士,一旦被激怒,暴烈如火药,便会立刻反击,出手伤人。跟去看看,别让他俩有什么意外。——埃克塞特叔叔,您随我来。(同下。)

---

① 直译为:可能发生突如其来的危害。

第八场

亨利国王营帐前。

（高尔与威廉姆斯上。）

威廉姆斯　　我担保，上尉，要封你为爵士了。

（弗艾伦上。）

弗艾伦　　　全凭上帝旨意，上尉，现在我求你，快去见国
　　　　　　王。也许有比你梦里更好的美事儿等着你。

威廉姆斯　　先生，认得这只手套吗？

弗艾伦　　　认得这手套！我知道这手套是一只手套。

威廉姆斯　　我认得这只手套，为此向你挑战。（打他。）

弗艾伦　　　以上帝的血起誓①，一个十足的叛徒！全世
　　　　　　界、全法兰西、全英格兰无人不知。

高尔　　　　（向威廉姆斯。）怎么回事，先生？你这个恶棍！

威廉姆斯　　你以为我会背弃誓言？

---

① "以上帝的血起誓"或"以耶稣的血起誓"，属于重誓。

弗艾伦　　　闪开，高尔上尉；我保证，要把这叛徒臭揍
　　　　　　一顿。

威廉姆斯　　我不是叛徒。

弗艾伦　　　胡说八道。——(向高尔。)我以陛下的名义，
　　　　　　命你逮捕他。他是阿朗松公爵的朋友。

(沃里克与格罗斯特上。)

沃里克　　　怎么了，怎么了？怎么回事？

弗艾伦　　　沃里克大人，这儿——为此该赞美上帝！——
　　　　　　揭出一桩最有毒害的叛国罪，您留意，像夏
　　　　　　日的白昼一样昭然若揭。——陛下来了。

(亨利国王及埃克塞特上。)

亨利五世　　怎么了？出什么事了？

弗艾伦　　　陛下，这儿有一个恶棍，一个叛徒，陛下您
　　　　　　瞧，他把陛下您从阿朗松公爵的头盔上揪下
　　　　　　来的手套打落在地。

威廉姆斯　　陛下，这是我的手套；(展示另一只手套。)同一双
　　　　　　手套，这是另一只。跟我交换手套的那人，答
　　　　　　应把它戴他帽子上。我也允诺，只要他戴上，
　　　　　　我就揍他。一见这人帽子上戴着我的手套，
　　　　　　那我说到做到。

弗艾伦　　　陛下您听，——请陛下恕我不敬①，——这是

———————————————————

　① 言下之意是：请陛下恕我不敬，接下来我要说粗话了。

一个多么可恶、低贱、卑劣、下流的无赖。希望陛下您为我作证、见证,还要保证,这是阿朗松的手套,是陛下您给我的;现在,您说句良心话。

亨利五世　当兵的,把你手套给我。看,(展示手套。)这儿是同一双手套的另一只。说实话,你发誓要揍的那个人,是我,而且,你对我说过最恶毒的话。

弗艾伦　陛下,假如这世上还有什么军法,让他拿脖子顶罪。

亨利五世　你怎么向我赔罪?

威廉姆斯　所有冒犯,陛下,出自内心①。对陛下您,我绝无冒犯之心。

亨利五世　你确实侮辱了本王。

威廉姆斯　陛下您来的时候又不像您本人。您在我眼前冒出来,只是普通一兵。夜色作证,您穿的衣服,明显级别很低。陛下您在那种形状下受了冒犯,求求您,这都怪您自己,不是我的错,因为当时我若见您是现在这样子,就不

---

① 参见《新约·马太福音》7:21:"因为人心会生出种种恶念,驱使他犯凶杀、淫乱、通奸、偷盗、撒谎、诽谤等罪。"《马可福音》7:21:"因为人心会生出种种恶念,驱使他犯通奸、偷盗、凶杀、淫乱、贪心、邪恶、诡诈、放荡、嫉妒、毁谤、骄傲、狂妄等罪。"

会冒犯了。所以,乞求陛下,宽恕我。

亨利五世　　埃克塞特叔叔,把这只手套装满金币①,送给这伙计。——伙计,收下吧。把它戴帽子上,当成一种荣誉,直到我向你挑战。——给他钱。(埃克塞特给威廉姆斯钱。)——上尉,你得同他交个朋友。

弗艾伦　　以白昼和天光起誓,这家伙一肚子勇气。——拿着,给你 12 便士,请你敬奉上帝,别跟人斗嘴、争吵,别跟人吵架、争辩,我向你保证,有你的好处。(给威廉姆斯钱。)

威廉姆斯　　我不要你钱。

弗艾伦　　一番好意。我可以告诉你,用这钱去补补鞋。拿去,干嘛这么不好意思?你的鞋不那么好了。这枚先令是真币,我向你保证,如假包换。

(传令官上。)

亨利五世　　喂,传令官,——阵亡人数查清了吗?

传令官　　(递一纸清单。)这是被杀的法军名单。

亨利五世　　叔叔,抓的俘虏中有什么显赫人物?

埃克塞特　　(读。)"法国国王之侄,奥尔良的查理公爵;波

---

① "金币"(crowns),即"克朗"金币。

旁的约翰公爵①；布希卡尔特勋爵②，加上其他伯爵、男爵、骑士、乡绅等，除普通士兵，共计1500人。"

亨利五世　这份清单告诉我，有一万名法国人被杀死在战场，其中阵亡的亲王和佩戴家徽的贵族，126名；加上骑士、乡绅③、英勇的绅士，共计阵亡8400人，其中的500名骑士是昨天授封的。所以，在他们损失的一万人中，只有1600名雇佣兵，其余全是亲王、男爵、勋爵、骑士、乡绅，以及门第显贵的绅士。他们阵亡的贵族中有：法兰西大元帅查理·德拉布雷；法兰西海军上将雅克·切蒂里昂；弓弩手指挥官朗布尔勋爵；法兰西王室总管、勇敢的吉夏尔·道芬爵士；阿朗松公爵约翰；布拉班特公爵安东尼；勃艮第公爵的弟弟，还有巴尔公爵爱德华。英勇的伯爵们，有格兰普雷、鲁西、福孔布里奇、富瓦、博蒙、马尔勒、沃戴蒙、莱斯特拉尔。好尊贵的一份死亡名单！

——我英军的阵亡人数呢？（传令官呈上另一清

① 此处即指奥尔良公爵和波旁公爵。
② 布希卡尔特（Bouciqualt），剧中人物没有此人，可能是莎士比亚随手编的。
③ 乡绅（esquires），等级位于骑士和绅士之间，低于骑士，高于绅士。

单。)——(读。)"约克的爱德华公爵,萨福克伯爵,理查·柯特利爵士,乡绅大卫·加姆。"再没有身份高的了,把所有阵亡者加起来,不过 25 人[①]。——啊,上帝,全凭您的力量!我们丝毫不敢贪功,只因有您神助!谁见过,不用计谋,两军交锋,战场上硬碰硬,一方伤亡如此惨重,一方损失微乎其微?——接受它,上帝,因为它只属于您[②]。

埃克塞特	精彩!
亨利五世	来,列队向村庄[③]行进。昭告全军:凡有夸耀此战,或窃取唯上帝可享受之赞美者,一律处死。
弗艾伦	请问陛下,说杀了多少敌人,算违法吗?
亨利五世	不算,上尉,但这一点必须承认:上帝为我们

---

① 历史中的阿金库尔之战,法军阵亡约 7000 人,英军阵亡近 500 人(另一说近 1200 人)。此处说法不实,是莎士比亚为赞美英军之威武和亨利五世之神勇。

② 此处体现基督徒一切荣耀归于主的信念。参见《旧约·诗篇》44:3:"你的子民不是倚靠刀剑征服那片土地,/ 也不是靠自己的力量取胜;/ 是靠你的臂膀,你的力量,你的同在,/ 因为你喜爱他们。"98:1:"要向上主唱新歌;/ 因他行了奇伟之事!/ 他以右手和圣臂取得胜利。"115:1:"上主啊,荣耀只归于你;/ 不归我们,只属于你!/ 因为你有信实不变的爱。"

③ 可能指迈松瑟莱(Maisoncelles)的一个城堡。霍林斯赫德《编年史》未提及地名。

而战①。

弗艾伦　　没错，说良心话，他出了大力。

亨利五世　　全军举行圣礼，让我们高唱："荣耀不归我们！"②"上帝啊，我们赞美您！"③以基督教葬礼将死者掩埋。然后，行进加来；重返英格兰，法兰西回来的人从未如此欢喜。④（同下。）

---

①参见《旧约·出埃及记》14:13—25："（摩西回答:）'……上主要为你们作战；你们只要镇定。'……埃及人说:'上主帮助以色列人攻打我们，快逃吧！'"《申命记》1:30:"上主——你们的上帝要带领你们，像从前一样为你们打仗。你们亲眼看见他在埃及和旷野为你们所做的一切。"3:22:"不要怕他们，因为上主——你们的上帝要为你们作战。"20:4:"上主——你们的上帝与你们同在；他要使你们得胜。"《约书亚书》23:10:"你们任何一人都能击退一千人，因为上主——你们的上帝照他的应许为你们作战。"《尼希米书》4:20:"一听军号响，你们马上集合到我这儿来。我们的上帝一定会为我们征战。"

②此句取自《旧约·诗篇》第115篇第一句:"上帝啊，荣耀去归于您，/不归我们，只归于您！"

③此句为古代基督徒的赞美诗，开篇为:"上帝啊，我们赞美您！"

④此句也可意译为:在法兰西从未赢得过如此凯旋。

第五幕

开场诗

(剧情说明人上。)

剧情说明人　　　　对于还没读过这故事的各位,请准我提醒
　　　　　　　　您接下来会发生什么;对于读过的各位,
　　　　　　　　我谦恭恳请您,容许我们在时间、人数和
　　　　　　　　历史事件的演变进行删节①,因为这儿的
　　　　　　　　舞台无法上演。此刻,我们把国王送到加
　　　　　　　　来②,——想见他已经在那儿;然后,看他
　　　　　　　　乘着你们想象的翅膀穿越海峡。瞧,英国

---

① 剧情说明人在向观众说明:接下来的第五幕第一场,从时间上距阿金库尔之
战,已过去五年。期间,亨利五世再次远征法国,于 1420 年 5 月 21 日在法国城市特
鲁瓦(Troyes),与法国签订《特鲁瓦条约》(the Treaty of Troyes),按照条约,亨利五世
及其继承人在查理六世(Charles Ⅵ, 1368—1422)死后,继承法国王冠。它部分催发
了英法百年战争的后一阶段,法国最终于 1453 年赢得卡斯蒂隆战役 (the Battle of
Castillon)的胜利。在此期间,不同的英国国王宣布对法国王位有继承权。

② 加来(Calais),今天法国一海港城市。

海滩上,男女老幼对着大海,围成一道人篱,呼
声、掌声盖过低鸣的海涛,海涛像一个威猛的
先导官,为国王清道开路。让他登陆,隆重地目
送他向伦敦进发。想象的步伐如此迅疾,甚至
眼下,您不妨想象他已来到布莱克希思①。在那
儿,朝臣们希望把他凹痕的战盔和卷刃儿的宝
剑,举在前面,穿街过市。可他不容许;他毫无
虚荣心,毫不自骄自傲;所有胜利的标志、象征
和炫耀,他一概不要,他把一切归于上帝。但现
在瞧吧,在激活了想象的熔炉和作坊里,伦敦
市民倾巢而出。市长,同他的所有议员,身着华
服②,像古罗马元老们一样,身后跟着成群的市
民,前来迎接胜利的恺撒。——顺便,举一个
荣耀稍逊、但情形相似的例子,倘若我们仁慈
女王的那位将军③从爱尔兰归来,——没准儿
就在眼前,——用剑尖儿挑着叛贼的脑袋,得

---

① 布莱克希思(Blackheath),位于伦敦南部的大片空地,属于肯特郡一地区。其
他中译本多通译为"黑荒原"。

② 或指装饰华美的长袍。

③ "将军"(general),指女王伊丽莎白一世的宠臣埃塞克斯伯爵(Earl of Essex,
1567—1601),受女王之命,于 1599 年 3 月 27 日率英军远征爱尔兰,镇压蒂龙(Ty-
rone)的叛乱,后无功而返,并于同年 9 月 28 日失宠。涉及埃塞克斯伯爵的这几行台
词,可能写于 3 月 27 日至 9 月 28 日之间。按"新剑桥版"注释,此处指埃塞克斯伯爵
于 1596 年率英军洗劫西班牙加迪斯港(Cadiz),返回英国时受到盛大欢迎。

有多少人出城，把他迎进安宁的城里①！看眼
下，有更多的人和更多的理由，欢迎这位哈
里。——这会儿，我们把他放在伦敦；只因为，
法兰西举国哀痛，需要英格兰国王待在国内，
等神圣罗马帝国皇帝代表法兰西前来议和②。
——直到哈里再次返回法国，此前发生的任何
事，一律忽略不表。我们得把他带到法国；这中
间的事情，我向您各位一语带过。

　　删繁就简多担待，您的双眼得跟上，

　　紧跟上您的脑子，一下又回法兰西。(下。)

---

① 也可以译为：得有多少人离开这安宁的城市欢迎他归来！

② 指神圣罗马帝国皇帝西吉斯蒙德(Sigismund，1368—1437)1416 年出访英格兰。

第一场

法兰西。英军营地。

（弗艾伦与高尔上。）

高尔　　不，是那样儿①。可今天你为啥戴韭菜？圣大卫
　　　　节已经过了。

弗艾伦　世间万物皆有因由。我把您当朋友，高尔上尉，
　　　　我跟您说：那个卑鄙、低劣、下贱、好色、吹牛皮
　　　　的无赖，皮斯托，——不光您，满世界谁都知
　　　　道，比身上找不出好儿来的家伙，您瞧，强不了
　　　　多少。——他昨天来，给我带了面包和盐，您
　　　　瞧，他叫我把我的韭菜吃喽。在那地方，我没跟
　　　　他吵，但我豁出去了，非把韭菜戴帽子上，等再
　　　　见到他，我得告诉他我有一个小心思。

（皮斯托上。）

---

① 此处，应是高尔告诉弗艾伦该怎样把韭菜戴帽子上。

高尔　　　咦,他来了,牛气哄哄,像只火鸡①。

弗艾伦　　管他牛气,还是火鸡,都无所谓。——上帝保
　　　　　佑你,旗官皮斯托。你这个卑鄙下流的无赖,上
　　　　　帝保佑你!

皮斯托　　哈!你疯了?狗奴才,你想叫我像帕尔开②似
　　　　　的把你生命线剪断?滚开,我闻见韭菜味儿就
　　　　　恶心。

弗艾伦　　我衷心恳求你,卑鄙下流的无赖,按我的心愿、
　　　　　我的要求、我的恳请,你瞧,把这把韭菜吃下
　　　　　去。理由嘛,你瞧,你不喜欢它,你的癖好、你的
　　　　　口味、你的肠胃,也都跟它犯冲,所以我要你吃
　　　　　了它。

皮斯托　　哪怕把卡德瓦拉德③的所有山羊都给我,我也
　　　　　不吃!

弗艾伦　　我给你一山羊,(打皮斯托。)赏个脸,下贱的无赖,
　　　　　吃了吧?

───────────────

　　① "火鸡"(Turkey-cock),转义指妄自尊大之人。

　　② 命运三女神之说,最早源于北欧神话。在北欧神话中,命运三女神统称"诺伦
三女神"(Norns)。在希腊神话中,命运三女神统称"摩伊拉"(Moirai)。在罗马神话中,
命运三女神被统称为"帕尔开"(Parcae)。希腊神话中,小妹克罗托(Clotho)专司纺织
生命线,二姐拉克西丝(Lachesis)专司生命线的长度,即决定人的寿命长短,大姐阿
特洛波斯(Atropos)专司剪断生命线,即以此结束人的生命。

　　③ 卡德瓦拉德(Cadwallader),公元 7 世纪不列颠最后一位国王,曾英勇抵抗撒
克逊人的进攻。传统上,山羊常与威尔士有联系。

皮斯托　　狗奴才,你非死不可。

弗艾伦　　对极了,下贱的无赖,死活全凭上帝。这会儿我
　　　　　要叫你活着,给我吃东西。来,添点儿佐料。(打
　　　　　他。)昨天你叫我"野乡绅",今天我把你变成一
　　　　　个贱乡绅。我请你开吃。你有本事取消韭菜,就
　　　　　得把韭菜吃喽。

高尔　　　够了,上尉,你都把他吓傻了。

弗艾伦　　我说,得叫他吃点儿我的韭菜,不然,就敲他四
　　　　　天脑袋瓜儿。——请你,咬一口;这对你刚受
　　　　　的伤和血呲呼啦的脑袋都有好处。

皮斯托　　非咬不可?

弗艾伦　　是,当然,毫无疑问,不成问题,绝不含糊。

皮斯托　　以这韭菜起誓,我要下狠手报仇。我吃,我吃,
　　　　　我发誓——(吃。)

弗艾伦　　(威胁打他。)请你,吃!给你的韭菜再添点儿佐料?
　　　　　哪儿那么多韭菜叫你拿来发誓。

皮斯托　　别动棍子,你看,我在吃。(吃。)

弗艾伦　　对你大有好处,下贱的无赖,尽心吃。不,请
　　　　　你,一点儿别扔;这皮儿对你破裂的脑壳有好
　　　　　处。以后再得空见着韭菜,请你,只管嘲笑,完
　　　　　事儿了。

皮斯托　　很好。

弗艾伦	对,韭菜很好。——拿着,这儿一格罗特①给你治脑伤。(给一枚硬币。)
皮斯托	给我,一格罗特!
弗艾伦	是,真的,不假,你得拿着,不然,我兜里还有韭菜叫你吃。
皮斯托	拿你的格罗特当我报仇的定钱。
弗艾伦	如果我还欠你什么,就用棍子罚你。你干脆当个木材贩子,跟我打交道,只有棍棒。上帝与你同在,保佑你,治好你的脑袋。(下。)
皮斯托	为这事儿,我要把地狱搅个底儿朝天!
高尔	走吧,走吧,你这个楞充好汉的无赖懦夫。你有胆子嘲笑一个古老传统,一种对荣耀的崇敬,却不敢对自己的言行负责?戴韭菜是对英勇死者的难忘纪念。我见你好几回羞辱、嘲笑这位绅士。你以为他说不了一口地道英语,所以连一根英国棍子也用不了。结果正好相反。从今往后,让一个威尔士人的惩罚教会你做一个英格兰良民。再见。(下。)
皮斯托	莫非命运女神这个婊子把我要了? 我得到信

---

① "格罗特"(groat),一种币值仅四旧便士的小银币。

儿,我的内尔①患法国病②死在医院里。这一下,
我退路全断了。真的老了,四肢无力,荣誉遭棒
打。那好,我去拉皮条,顺便当个偷东西的灵巧
扒手。我要溜回英格兰,在那儿偷。找绷带把这
些棍伤包扎好,③誓言全是高卢战场受的伤。④
(下。)

---

① 皮斯托的妻子内尔·桂克丽 (Nell Quickly)。"第一对开本" 此处为 "道尔"
(Doll),即皮斯托曾嫖过的妓女道尔·蒂尔西特(Doll Tearsheet)。

② "法国病"(malady of France),指花柳病,梅毒。

③ 从此处看,弗艾伦用棍子把皮斯托打得浑身是伤。

④ 高卢(Gallia),即法兰西。

第二场

法兰西。王宫。①

（亨利国王、埃克塞特、贝德福德、沃里克、格罗斯特、威斯特摩兰，及其他大臣自一侧上；法国国王、王后伊莎贝尔、凯瑟琳公主、爱丽丝、勃艮第公爵，及其他法方人员自另一侧上。）

亨利五世　　我们为和平而来，愿和平降临这次会见！祝我的兄弟法兰西君王及王嫂②吉祥安康；——祝最美丽、高贵的凯瑟琳小妹快乐、美满；——勃艮第公爵，作为王族支脉和王室成员，设法促成这次盛会，我向您致敬。——法兰西亲王、贵族们，祝各位健康！

法国国王　　我最尊贵的兄弟英格兰国王，今日有幸一见，欣喜万分，荣幸之至。——英格兰各位亲王、贵族，也祝你们健康！

---

① 按"牛津版"注释，本场地点位于特鲁瓦（Troyes）的法国王宫。
② "王嫂"（sister），即法兰西王后伊莎贝尔。

伊莎贝尔	英格兰国王兄弟，这快乐时刻和美好会见，是我们高兴地看到您的眼睛——您的双眼，迄今为止，一向仇视法国人，瞄向他们的视线，像杀人大炮的致命炮弹①。我衷心希望，这种恶毒的目光已失去致命的本性，今天能把一切悲苦宿怨变成友谊。
亨利五世	我今天来，就是要喊一声"阿门"②。
伊莎贝尔	诸位英格兰贵族，我向你们致敬。
勃艮第	基于同等的敬爱，我向伟大的法兰西国王和英格兰国王致敬！我不辞辛劳、绞尽脑汁、竭尽全力，终使两位最威严的国王在这宫廷③君王相会，两位陛下正是这一时刻的最好见证④。既然我的目的顺利达成，两位陛下已面对面、眼对眼互致问候，在这国王相会之际，我若敢问一声，请别让我丢脸。有什么障碍⑤，或哪儿还有什么阻碍吗？为什么那赤裸的、

---

① 此句中，"炮弹"（balls）与"眼球"（eyeballs）双关。"大炮"（basilisks）亦含双关意：1.大炮（large cannon）；2.神话中以目光杀人的怪蛇。

② "阿门"（amen），祈祷时的结束语，表示衷心赞成。

③ "宫廷"（bar, i.e. court），"新剑桥版"注为"法庭"（court of justice）。

④ 此处，应为勃艮第站在舞台中央，一边致辞，一边打手势，恭请两位国王相互致意。

⑤ "障碍"（rub, i.e. obstacle），滚木球戏的术语，此处借游戏中的障碍指现实中的困境。

可怜的、被糟蹋的和平女神,那可爱的学识、
丰饶和快乐新生儿的哺育者,不能在这世上
最好的花园,——我们富饶的法兰西,——
扬起她可爱的面颊?唉!她被赶出法兰西太
久了, 她一切的农作物乱糟糟地躺在那儿,
熟透烂掉。她的葡萄,令人心情愉悦①,没人
修剪,死了;她的编插规整的树篱,像毛发蓬
乱的囚徒,枝条横生;她的未犁过的耕地,黑
麦草、毒芹和密匝匝的地烟草②,扎根疯长,
本该根除杂草的犁头,生了锈。平坦的草场,
从前那么甜美,生满带斑点的野樱草、地榆
和绿三叶草③, 只因无人挥镰, 导致野草丛
生、泛滥, 滋长懒惰, 结果除了讨厌的酸模
草④、粗硬的蓟草、空茎的毒芹和带芒刺的杂
草⑤,寸物不生,美丽和实用,全丢了。我们的
葡萄园、耕地、草场和树篱,全都变质,成了

---

① 因葡萄能酿酒,令饮者心情愉悦。参见《旧约·士师记》9:13:"葡萄树回答:
'我该停止酿造神明和人喜欢的酒,去统治你们吗?'"《德训篇》31:28:"如果饮酒适
量又适时,酒令人愉悦。"

② 黑麦草、毒芹、地烟草,都是野草。

③ 三叶草有绿、红、白等多种颜色。

④ 一种阔叶长根的野草。

⑤ "带芒刺的杂草"(burs),此处指带芒刺的草或其他植物,并非专指牛蒡的
刺果。

蛮荒之地；于是，我们的家庭、我们自己和我
们的子女，也都变了质，要不就没空学那些
对国有用的知识，一个个都长成了野蛮人，
——正如军人无事可做，一门心思只想杀
人，——赌咒发誓，横眉立目，邋邋遢遢，一
切都显得那么反常。今日你们相会，为的是
恢复我们从前的优雅外表和风度。我这番
话，只想恳求你们告诉我阻碍在哪儿，为什
么温柔的和平女神不能驱弊除害，用她从前
的品质保佑我们？

亨利五世	勃艮第公爵，如果你们渴望和平，缺了和平就要生出你刚才列举的缺陷，那你们必须以完全同意我方提出的所有正当要求换取和平，我方要求的内容和具体细节已简要列出，在你手上。
勃艮第	国王已听说这些要求，尚未答复。
亨利五世	那好，你刚敦促的和平，全看他怎么答复。
法国国王	那些条款我只粗略看过。请陛下现在指派几位大臣，与我方再做商谈，更仔细地重新审看条款，我会很快宣布我方可接受的内容，做出最终答复。
亨利五世	老兄，我这就办。——去吧，埃克塞特叔叔，——克拉伦斯弟弟，——还有你，格罗斯特

　　　　　老弟、沃里克，——亨廷顿，——随国王一起
　　　　　去。对我要求之内或之外的任何条款，你们
　　　　　全权批准、增加或修改，只要你们的慧眼认
　　　　　准对我的威严有利，我都签署。——(对王后
　　　　　伊莎贝尔。)美丽的王嫂，您愿跟大臣们同去，
　　　　　还是跟我留在这儿？

伊莎贝尔　　仁慈的王兄，我跟他们一起去。当双方对条
　　　　　款争执不下时，没准一个女人的声音还管点
　　　　　儿用。

亨利五世　　那把凯瑟琳公主留这儿陪我。她是我提出的
　　　　　主要要求，位列我方第一项条款。

伊莎贝尔　　我完全允许。(除亨利国王、凯瑟琳、爱丽丝，众下。)

亨利五世　　美丽的、最美的凯瑟琳！您愿教一个军人说
　　　　　话吗？说那种女人听了入耳、向她求爱能打
　　　　　动她芳心的话。①

凯瑟琳　　　(法语。)陛下会笑我的；我不会说你们的英语。

亨利五世　　啊，美丽的凯瑟琳！假如您以您那颗法国心
　　　　　全心爱我，我会很高兴听您用磕磕绊绊的英
　　　　　语承认您爱我。凯特②，您喜欢我吗？

---

　　① 亨利五世知道凯瑟琳英文听力有限，因此，他对凯瑟琳所说英文，力求简单
明了。

　　② "凯特"(Kate)，凯瑟琳的昵称。

凯瑟琳	（法语。）原谅我①，我不懂什么叫"像我"。
亨利五世	天使像您，凯特，您像一个天使！
凯瑟琳	（向爱丽丝说法语。）他说什么？说我像天使？
爱丽丝	（法语。）是的，真是，恕我失敬，他是这么说的。
亨利五世	我是这么说的，亲爱的凯瑟琳，承认这点，我也不脸红。
凯瑟琳	（法语。）啊，仁慈的上帝！男人的话里充满欺骗。②
亨利五世	（向爱丽丝。）她说什么，美人儿？她说男人的话里充满欺骗③？
爱丽丝	是的，男人的话里充满欺骗，公主就这么说的。④
亨利五世	公主比英国女人更聪慧⑤。——以信仰起誓，凯特，我求爱的话，您刚好听得懂。很高兴您英语说得不大好，因为，如果说得好，您就会发现我是一个说话直白的国王，直白到

---

① 此句原为法文 Pardonnez-moi, i.e. Excuse me. 凯瑟琳以为亨利国王的"喜欢我"（'like me'）是"像我"（'like me'）之意。

② 此句原为法文。

③ 参见《旧约·诗篇》50:19:"你的嘴巴随时说坏话;/ 你的舌头随处撒谎。"《新约·罗马书》3:13:"他们的喉咙像敞开的坟墓;/ 他们的舌头尽说欺诈之言。"

④ 此句是英文、法文混在一起说的。

⑤ 此句原文为 The princess is the better Englishwoman. 另一种译法为：公主的英语比你说得更好些。但从此处的语境看，这个译法似显牵强。因为亨利五世显然意在赞美凯瑟琳聪慧，深知男人求爱多是阿谀之词。

了您会以为我这项王冠是卖农场换来的。我求爱，不懂那套矫情话，只会直接说："我爱您。"如果您再追问一句："您说的真心话？"我就没话了。回答我，以信仰起誓，说吧，然后我们握手成交。怎么样，小姐？

凯瑟琳　（法语。）请原谅，（英语。）我完全明白。

亨利五世　以圣母玛利亚起誓，凯特，如果您叫我为您写情诗或跳个舞，那就把我毁了。要说写情诗，既没话可说，又无韵可押；跳舞嘛，别看我一身力气，但跳起来步子缓慢。如果玩儿跳背游戏，或身穿战甲跃上马鞍，就能赢得一位小姐，我能很快赢回①一个老婆，我若吹牛就罚我。再不然，如果为我爱的人跟谁搏斗，或为讨她欢心飞身上马，那我能像屠夫似的猛力一击②，还能像一只猴子似的稳坐马背，绝不掉下来。可是，在上帝面前，凯特，我不能像一个毫无经验的小情人似的，要么喘着气吐露爱意，要么花言巧语发誓爱你。我只有直白的誓言，任谁怂恿，从不发誓；一

---

① "赢回"（leap into, i.e. gain），有"跳入""进入"之义，或含性意味，暗指性交。

② "猛力一击"（lay on, i.e. strike vigorously），或含性意味，暗指在性交中"猛力一击"。

旦发誓,谁劝也绝不背誓。如果您能爱一个
这种性情的人,凯特,他的脸已如此难看,太
阳不能把它晒得更丑①,他从不照镜子,怎么
照也看不出哪儿好,——那就让这道菜②给
您的眼睛开胃吧③。我对您说的,是一个军人
的大实话:如果您能因此爱我,就接受我的
求爱;如若不能,听我说,我就去死,这是真
话。但为了爱您,主在上,我不会死。可我还
是爱您。在您有生之年,亲爱的凯特,接受一
个坦率、诚实、毫无杂质的人吧,他一定会真
心对您,因为他没本事在别的地方求爱。那
些能说会道的家伙,能把韵诗写进姑娘的芳
心④,却总有理由再变心。哼!谁会说话谁唠
叨,韵文都是顺口溜儿。好看的腿会变瘦,挺
直的腰会变弯,黑胡子会变白,卷发的头顶
会变秃,漂亮脸蛋儿会枯萎,透亮的眼睛会
凹陷。但一颗仁慈之心,凯特,是太阳,是月
亮,——干脆说,是太阳,不是月亮,因为它

---

① 伊丽莎白时代,人的肤色以白为美。此处为亨利五世的谦辞,表达自己因常
年征战,风吹日晒,皮肤被太阳晒得很黑,已不能再丑。

② "这道菜",即"他(亨利五世)的脸"。

③ 此句意译为:那就让您的眼睛瞧着办吧。

④ "芳心"(favours),或含性意味,指用花言巧语哄骗姑娘上床。

闪耀光芒,始终不变,永守轨道。如果您愿接受这样一个人,接受我。接受我,就是接受一个军人;接受一个军人,就是接受一个国王。您对我的求爱有什么说的?说呀,我的美人儿,好好说,我恳求您。

凯瑟琳　　我爱一个法兰西的敌人,可能吗?

亨利五世　　不,您不可能爱法兰西的敌人,凯特;可您爱我,就是爱法兰西的朋友①,因为我如此钟情法兰西,随便一个村庄,都无法割舍。我要它全归我所有。到那时,凯特,法兰西是我的,我是您的,而法兰西是您的,您是我的。

凯瑟琳　　我听不懂。

亨利五世　　不懂,凯特?我用法语说给您,我敢肯定,法语挂在我舌头上,活像一个新娘子摽住丈夫的脖子,甩也甩不开。(法语。)等我占据了法兰西,而您占据了我。——(英语。)让我想想,往下怎么说?圣丹尼斯②助我!——(法语。)这么说吧,法兰西是您的,您是我的。(英语。)对我来说,凯特,征服这个王国比说这么多法语更容易。要用法语让您心动,永远办不到,除

---

① "朋友"(friend),此处或有"情人"(lover)意涵。
② "圣丹尼斯"(Saint Denis),法国的守护圣人,旧译"圣但尼"。

非有意叫您取笑。

凯瑟琳　　（法语。）请原谅，您的法语比我英语说得好。

亨利五世　不，真的，并非如此，凯特。但您说我的语言，我说您的，都最真诚而又说不准确，必须承认，咱俩差不多。不过，凯特，您能爱我吗？——这点儿英语您懂吧。

凯瑟琳　　我说不准。

亨利五世　您的密友中谁能说得准，凯特？我去问他们。好了，我知道，您最爱我。等天一黑，回到屋里，您会和这位侍女谈论我；我还知道，凯特，我身上哪儿最讨您欢心，您会向她贬损一番，可是，好心的凯特，要仁慈地取笑我；特别是，温柔的凯特，因为我爱死您了。如果您终于归了我，凯特，——我心底足以救赎的信仰①告诉我，您必将属于我②，——我凭一场混战得到您，所以，您必将证明自己是孕育军人的好母亲。难道您和我，就不能在圣丹尼斯和圣乔治③的护佑下，共同创造一

---

① 指对上帝的信仰。

② 参见《新约·路加福音》7:50:"耶稣对那女人说:'你的信仰救了你;平安回去吧。'"《彼得前书》1:9:"因为你们得到信仰的结果,就是你们灵魂的救赎。"《以弗所书》2:8:"你们是靠上帝的恩典,凭信仰得救;这并非出自你们自身的行为,而是上帝所赐。"

③ "圣乔治"(Saint George),英格兰的守护神。

个男孩儿，一半法兰西血统，一半英格兰血统，有朝一日跑到君士坦丁堡，去揪土耳其人的胡子①？难道不成吗？说话呀，我美丽的百合花②！

凯瑟琳　　　（英语。）这个我不懂。

亨利五世　　不懂？早晚能懂③，现在答应就行。现在只需要答应，凯特，您愿为造这样一个男孩儿的法兰西那一半尽力；至于我英格兰那一半，请您相信一个国王、一个青年骑士的诺言。您如何作答？（法语。）世上最美的凯瑟琳，我最亲爱、最神圣的女神！

凯瑟琳　　　（英法双语混说。）陛下的法国话有错儿，但足以蒙骗最精明的法国姑娘。

亨利五世　　呸，出错的法语真该死！以名誉起誓，我用纯正的英语说，凯特，我爱您！我不敢以名誉起誓说您深爱我，但我的热情讨好我说您爱我，——虽说我貌不惊人，难以软化女人心。

---

　　① 君士坦丁堡（Constantinople），今土耳其伊斯坦布尔，原为东罗马帝国的首都，1453 年被土耳其人占领；直到 1922 年，一直是土耳其帝国的首都。此为羞辱说法，意思是欲将土耳其人赶出君士坦丁堡。根据事实，土耳其人于 1453 年占领君士坦丁堡之时，亨利五世已去世 31 年。显然，莎士比亚写戏并非为讲真实的历史。

　　② "百合花"（Flower-de-luce, i.e. lily），法国王室徽章图案，蓝底儿上绘制金色百合花。

　　③ 意即对生育后代的男女之事早晚能懂。

唉,真该诅咒我父亲的野心! 在我坐胎之时,他一心想着内战①。所以我生来一副粗硬外表,脸色如铁,一开口向姑娘们求爱,吓不跑才怪。可是,说真的,凯特,等我上了岁数,会显得好看点儿。我的安慰是,把皱纹存满容颜的老年,也没办法再糟蹋我这张脸。如果您得到我,是在我最糟的时候得到了我;如果您享用②我,会觉得越用越好。——因此,告诉我,最美丽的凯瑟琳,您愿得到我吗? 丢掉您处女的羞涩,以王后的神情承认您的心思,拉起我的手,说:"英格兰的哈里,我属于您!"我的耳朵一听到这句祝福,我就大声告诉您,——"英格兰属于您,爱尔兰属于您,法兰西属于您,亨利·普朗塔热内③属于您。"这个人④,当他面我也要说,即便他不是国王中最好的一个,您会发现他是好人里顶好的

---

① 此处是莎士比亚造成的又一处历史谬误,亨利五世生于 1386 年,其时,他的父亲亨利四世(当时的赫福德公爵),与理查二世之间尚未产生任何冲突。

② "享用"(use),含性意味,亨利五世暗指自己性能力强,能给凯瑟琳带来性享受。

③ 普朗塔热内(Plantagenet),即"金雀花王朝"(House of Plantagenet),乃亨利五世所属王朝的名号。亨利二世(Henry Ⅱ, 1133—1189)是金雀花王朝的首位国王,从他 1154 年登基到 1485 年理查三世(Richard Ⅲ, 1452—1485)战败身亡,王朝持续 300 多年。

④ 亨利五世在此自称。

国王。来,用您那破了声儿的音乐①回答我:
——因为您的嗓音是音乐,您的英语破了声
儿,所以,完美的女王,凯瑟琳,用您破声儿
的英语说破您的心声,——您愿得到我吗?

凯瑟琳	(英法双语混说。)这要看父王是否高兴。
亨利五世	不,他一定很高兴,凯特;他会高兴的,凯特。
凯瑟琳	(英法双语混说。)那我也满意了。
亨利五世	那好,我吻您的手,称您为我的王后。(欲吻她的手。)
凯瑟琳	(法语。)停手,陛下,停手,停手! 真心话,我不愿您屈尊吻一个仆人的贱手;原谅我,我恳求您,我最强大的君王。
亨利五世	那我要吻您的双唇,凯特。
凯瑟琳	(法语。)法国姑娘没有婚前跟人接吻的习俗。
亨利五世	翻译女士,她说什么?
爱丽丝	她说,按法国风俗,姑娘婚前不跟人,——我不知英语“接吻”②怎么说。
亨利五世	亲吻。
爱丽丝	(英法双语混说。)陛下比我更懂。
亨利五世	在法国, 姑娘出嫁前没有跟人亲吻的习俗,

---

① 亨利五世让凯瑟琳用说得不利索的英文回答。
② 此处“接吻”为法语 baiser.

她这么说的?

爱丽丝　　　(法语。)对,没错。

亨利五世　　啊,凯特,拘泥的习俗要向伟大的国王屈膝
　　　　　　行礼。亲爱的凯特,您和我不能被一国之风
　　　　　　俗的脆弱界限限制死。我们是习俗的造物
　　　　　　主,凯特。随我们的地位而来的自由,能把所
　　　　　　有挑毛病的人的嘴堵住,——就像现在我要
　　　　　　堵住您的嘴,因为您维护贵国挑剔的习俗,
　　　　　　拒绝和我接吻:所以,安下心来,顺从我吧。
　　　　　　(吻她。)您双唇上有股魔力,凯特。在您唇上甜
　　　　　　蜜一碰,比法兰西枢密院里的七嘴八舌更
　　　　　　富于雄辩;您的双唇能比一封君王联名的
　　　　　　请愿书,更快说服英格兰的哈里。——您父
　　　　　　亲来了。

(法国国王与王后、勃艮第、贝德福德、格罗斯特、埃克塞特、沃里克、威斯特
摩兰,及其他法、英两国贵族等上。)

勃艮第　　　上帝保佑陛下!我高贵的王兄,你在和公主
　　　　　　说英语吗?

亨利五世　　我尊敬的老弟,我在教她说,我有多么爱她,
　　　　　　这是一句好英语。

勃艮第　　　她学得快吗?

亨利五世　　我们说话粗,老弟,我的性子不算柔和;所
　　　　　　以,既不会说好听的,也无心讨好,不能念咒

从她身上唤起爱的精灵①，好叫那精灵显出真身。

勃艮第　请恕我直言，拿笑话来回答你。如果你要念咒唤起她，必须画一个魔圈儿；如果你要念咒唤起她身子里的爱，叫精灵显出真身，那他②非得赤身裸体双眼瞎。她是一个处女，满脸处女红润的娇羞③，她若不许一个赤身裸体双眼瞎的男孩儿在她赤裸的眼睛里出现，您还能怪她？陛下，这是一个处女难以答应的条件。

亨利五世　可她们两眼一闭，便屈从了，——爱情本来就是盲目、硬来④的。

勃艮第　这也不能怪她们，陛下，她们并没看见自己做了什么。

亨利五世　那好，仁慈的公爵，教你堂妹闭上眼答应我。

勃艮第　陛下，假如你能教她懂我的心意，我愿冲她眨下眼叫她答应。因为姑娘们在温床软塌舒

---

① "唤起"（conjure, i.e. raise up），或含性意味，暗指阴茎勃起。

② "他"（he），此处以罗马神话中的小爱神丘比特（Cupid）代指爱的精灵。丘比特常被描绘成裸体、盲目的形象。

③ 此处或含双关意，指处女会因性兴奋而脸红。

④ "硬来"（enforces），本义为强制，但"爱情"（love）在此或含性意味，暗指"阴茎"（penis）。

	爽惯了①,活像圣巴塞洛缪节②的苍蝇:长了眼睛,也是睁眼瞎;原来让谁看一眼都受不了,现在却随人抚弄③。
亨利五世	这个比喻把我限定在酷暑炎夏;然后再去抓这只苍蝇,你们的公主,在夏末④,她也一定睁眼瞎。
勃艮第	陛下,没爱之前⑤,爱情就这样。
亨利五世	正是这样。你们中该有人感谢爱情把我变成了睁眼瞎,为眼前这位美丽的法国少女,许多漂亮的法国城市我都不看一眼⑥。
法国国王	是的,陛下,你透过曲透镜看那些城市,它们就变成一位姑娘;环抱它们的处女墙,从未被战火攻破⑦。

---

① 此处暗含"饱暖思淫欲"之意,指少女在舒适安逸的闺阁中容易春心萌动。

② "巴塞洛缪"(Bartholomew),耶稣十二门徒之一,见《新约·马太福音》10:3,旧译为"巴多罗买"。为纪念这位圣使徒,将 8 月 24 日定为圣巴塞洛缪节。盛夏之际,天气炎热,苍蝇动作迟缓,容易被捉。

③ 含性暗示。

④ 亨利五世对勃艮第公爵这番模棱两可的话表示反对,因为他要立刻迎娶凯瑟琳,一刻也不等。"在夏末"(at the end of summer),"新剑桥版"释为具双意,暗指"在凯瑟琳的性器官上"(in Katherine's sexual organ.);"皇家版"释为"下半身"(lower body)。

⑤ 指没看见所爱对象,完成性行为之前。

⑥ 亨利五世言下之意:若非遇到美丽的凯瑟琳,我将征服更多漂亮的法国城市。

⑦ "处女墙"(maiden),含双关意:1.守护城市的城墙;2.性能力。"入侵"(entered),含双关意:1.城市被攻破;2.处女膜被刺穿。

亨利五世	凯特可以做我妻子吗？
法国国王	只要你愿意。
亨利五世	只要有你说的那些处女之城做陪嫁，我就愿意。这么一来，阻碍我攻破城市的这位处女，将引导我实现愿景①。
法国国王	一切合理条款我都已首肯。
亨利五世	英格兰的大臣们，是这样吗？
威斯特摩兰	法国国王对每一条条款都赞同——从他女儿的第一条条款，及后续全部条款，按规定内容全部接受。
埃克塞特	只有一点他尚未同意：这儿②，陛下要求法兰西国王，今后凡遇赐封官爵或土地，书写诏书之时，必须以这种尊号称呼陛下，法文是："我至亲的亨利女婿，英格兰国王，法兰西继承人。"拉丁文是："我至爱的亨利女婿，英格兰国王，法兰西继承人。"③
法国国王	老弟，这一条④我并未否决，你的要求，我签署通过就是了。

---

① "愿景"（will），此处指政治和军事的双重目的得以实现。同时，含双关意，暗指性欲望（sexual desire）。

② 此处应为埃克塞特手指该项条款。

③ 此处条款分别用法文、拉丁文书写，意思一样。按"新剑桥版"注释，对亨利五世在称呼上有法文"我至亲的"和拉丁文"我最爱的"的区别。

④ 指娶凯瑟琳为妻这一条款内容。

亨利五世	那好，我请你，出于友谊和亲密的联姻，把这条跟其他条款列在一起；这下，你可以把女儿给我了吧。
法国国王	带她走吧，好女婿；由她的血脉，为我养育后代；英格兰和法兰西，两个争斗的王国，因嫉妒彼此的幸福，连海岸都变得苍白①；停止仇恨吧，愿这次代价巨大②的联姻，在两国心中种下基督徒般的友谊，战争之神永不向英格兰和美丽的法兰西举起血腥的刀剑。
众人	阿门！
亨利五世	现在，欢迎您，凯特。——诸位见证此刻，在这儿，我把她作为我至尊的王后，吻她。 （吻她。）

（喇叭奏花腔。）

伊莎贝尔	上帝，一切婚姻最好的造物主，把你们的心合二为一，把两个王国合二为一！像夫妻一样，爱使两人结为一体③，愿你们两个王国结下夫妻姻缘，使经常困扰神圣婚床的伤害和

---

① 指英吉利海峡两岸隔海相望的白垩崖。

② "代价巨大的联姻"(dear conjunction)，此处"亲切的"(dear, i.e. tender)似作"代价巨大"(costly)更妥帖。

③ 参见《旧约·创世记》2:24："因此，男人要离开父母，与妻子结合，两人成为一体。"《新约·马太福音》19:6："既然这样，夫妻不再是两个人，而是一体。所以，上帝配合的，人不可拆分。"

凶猛嫉妒，永不要插入两国间的协定，永不
使两国的结盟离异；

英格兰人、法兰西人，彼此一家亲，
愿上帝对彼此亲如一家说声"阿门"！

众人　　　阿门！

亨利五世　我们准备婚礼吧。——到那天，为确保我们
联盟，勃艮第公爵，我要听你宣誓，要听所有
贵族们宣誓。

然后我向凯特，凯特向我，彼此立誓；
愿我们的誓言固守永久，与幸运相伴。

（退场号。同下。）

收场白

(*剧情说明人上。*)

剧情说明人　　　我们的作者，累弯了腰，凭一支

拙笨之笔，到这儿算把故事讲完；

把伟大人物限定在一个小小空间，

不连贯的剧情把荣耀的功勋乱砍。

生命虽短，但这英格兰之星活过①

辉煌一生；命运女神为他铸利剑。

凭这把剑，他赢得世上最美花园，②

并让儿子成为法兰西尊贵的君王。

亨利六世，尚在襁褓，就已继位

成为英格兰、法兰西两王国之君。

---

① "英格兰之星"(star of England)，指亨利五世。亨利五世在位九年，35 岁去世。

② "世上最美的花园"(world's best garden)，指法兰西。

奈何,太多人摄政王权争执不下,

以致,丢了法兰西,喋血英格兰。

那历史常在我们舞台上演,为此,①

愿这出戏能讨得您各位满心欢喜。(下。)

(全剧终)

---

① 指之前经常在舞台上演的莎士比亚早期历史剧《亨利六世》(三联剧)。

亨利五世：
英格兰一代圣君英主

一、写作时间和剧作版本

1. 写作时间

《亨利五世》初稿应写于 1599 年初夏,理由有五:

第一,《亨利四世》上篇 1596 年下半年(九十月间)完稿,下篇或于同年岁末、至迟 1597 年初完稿,作为其续篇的《亨利五世》,自然在此之后动笔。

第二,1598 年 9 月 7 日, 作家弗朗西斯·米尔斯(Francis Meres,1565—1647)牧师在伦敦书业公会(Stationers Company)登记印行的《智慧的宝库》(*Palladis Tamia*)一书,未提及《亨利五世》。

第三,1600 年 8 月 14 日, 书商托马斯·帕维尔(Thomas Pavier)在伦敦书业公会的"登记簿"(Register)上注册登记《亨利五世编年史》(*The Chronicle History of Henry the Fifth*),且附按语"保留印刷"(to be staied)。

第四,《亨利五世》第五幕开场诗(Chorus)中说到"伦敦市民倾巢而出""迎接胜利的恺撒"亨利五世时,顺便提及"倘若我们仁慈女王的那位将军从爱尔兰归来,——没准儿就在眼前,——用剑尖儿挑着叛贼的脑袋,得有多少人出城,把他迎进安宁的城里!"一般认为,此处之"将军"(general),指女王伊丽莎白一世(Elizabeth I, 1533—1603)的宠臣埃塞克斯伯爵(Earl of Essex, 1567—1601),他受女王之命,于1599年3月27日率英军远征爱尔兰,镇压蒂龙(Tyrone)的叛乱,后无功而返,并于同年9月28日失宠。按理,这几行台词应写于3月27日至9月28日之间。事实上,进入6月份,英国人已不指望埃塞克斯伯爵这次远征得胜还朝。换言之,莎士比亚写这几行台词时,绝想不到这次远征将以落败收场。

不过,对此另有两种看法:其一,"新剑桥版"注释,此处指埃塞克斯伯爵于1596年率英军洗劫西班牙加迪斯港(Cadiz),回国时受到盛大欢迎;其二,"将军"指的是从1600年2月起担任英国军械总管(Master-General of the Ordnance)兼爱尔兰总督的蒙特乔伊勋爵(Lord Mountjoy, 1563—1606)。从时间上看,前者过早,后者又稍晚,均与实情不符。

第五,剧情说明人在《亨利五世》开场诗中说:"我们能把连阿金库尔的空气都闻风丧胆的盔甲,全塞在这个木头圆圈儿里吗?"这个"木头圆圈儿",指用木头搭建的圆形环状剧场,或许暗示《亨利五世》原为新建成的莎士比亚所属"内务大臣剧团"的"环球剧场"(The Globe Theatre)而写,但此剧首演可能在圆形的"帷幕剧场"(The Curtain Theatre),而非"环球","环球"的开张时间在 1599 年 2 到 9 月之间。

2. 剧作版本

尽管书商托马斯·帕维尔为防止盗印,在书业公会注册登记时特意注明"保留印刷",盗印的"第一四开本"还是于同年(1600)出版,标题页印着:"亨利五世编年史,有其法兰西阿金库尔之战。另有旗官皮斯托之事。陛下之内务大臣仆从剧团多次上演。伦敦。由托马斯·克里德(Thomas Creede),为托马斯·米林顿(Thomas Millington)和约翰·巴斯比(John Busby)印刷。"

毋庸讳言,这是一个糟糕的四开本,即"坏四开本"(Bad quarto),或凭对剧团巡演时的脚本记录而来,记录者可能是饰演高尔和埃克塞特的演员。1602 年,帕维尔将此本重印,即"第二四开本"。1619 年,"第三四开本"印行,但其出版时间标为"1608年"。何以如此假托,要把出版时间前推 11 年?只为逃避禁令:未经允许,不得盗印"国王剧团"之剧作。

说穿了,这三个四开本乃同一"坏四开本"。明摆着,《亨利五世》只有两个版本,一个"坏四开本",另一个是 1623 年"第一对开本"(the First Folio)《莎士比亚戏剧集》中的版本,不妨称之"好对开本"或"足本"。两相比较,在篇幅上,"四开本"比"对开本"少1700 行(足本 3380 行),而且字句错乱繁多,不堪卒读。除此,"四开本"不仅缺少所有幕次的"开场诗"和"收场白",漏掉三场戏:第一幕第一场、第三幕第一场和第四幕第二场,还在以阿金库尔为场景的戏里,法方出场阵容里,用波旁公爵(Duke of Bourbon)替代了王太子(the dauphin)。

由此可见,"四开本"是凭演员记录(或记忆还原)胡乱拼凑的本子，"对开本"则极有可能据莎士比亚或草稿（foul papers）、或手稿（manuscript）、或抄本（scribal）印制，堪称唯一的足本。

然而，"四开本"并非一无是处，可取有二：其一，接近舞台原味；其二，可为"对开本"提供参照。

二、原型故事与亨利五世的真实历史

1.莎剧《亨利五世》的原型故事

《亨利五世》是莎士比亚所写英国国王系列剧的最后一部，作为其原型故事的素材来源，主要有四：

第一，英国编年史家拉斐尔·霍林斯赫德（Raphael Holinshed, 1529—1580）所著 1587 年第二版修订本《英格兰、苏格兰及爱尔兰编年史》（以下简称《编年史》*The Chronicles of England, Scotland, and Ireland*），是《亨利五世》最重要的素材来源。

第二，由于律师、史学家爱德华·霍尔（Edward Hall, 1497—1547）1548 年第二版的《兰开斯特和约克两个卓越贵族之家的结盟》（*The Union of the two noble and illustre families of Lancastre and Yorke*），是霍林斯赫德《编年史》的主要来源，显而易见，霍尔这部《编年史》自然算《亨利五世》的一个素材源头。

第三，著者不详、名为《亨利五世大获全胜》（*The Famous Victories of Henry the fifth*）的旧戏，于 16 世纪 80 年代后期或 16 世纪 90 年代早期上演，并于 1594 年 5 月 14 日在伦敦书业公会登记。不难发现，莎士比亚构思《亨利五世》至少有四处灵感源出于此：

（1）第一幕第二场，英国王宫接见厅，坎特伯雷大主教以法国人制定的《萨利克法典》(*Salic Law*)为依据,力证亨利五世有权继承法兰西王位。

(2)第一幕第二场,法国王太子派使臣给亨利五世送来一箱网球,讥讽他不敢同法兰西开战。

(3)第四幕第四场,阿金库尔战场,一法军士兵向皮斯托求饶那场富于喜剧色彩的戏。

(4)第五幕第二场,法兰西王宫,亨利五世向凯瑟琳求婚那场戏。

第四,比莎士比亚年长14岁、并与莎士比亚同年去世的菲利普·亨斯洛(Philip Henslowe,1550—1616),是伊丽莎白时代炙手可热的剧场主兼剧院经理,与他合作的"海军大臣剧团"(Admiral's Men)和"玫瑰剧场"(Rose Theatre),是莎士比亚所属"内务大臣剧团"(Lord Chamberlain's Men)及其"环球剧场"(Globe Theater)的主要竞争对手。"玫瑰""环球"均位于泰晤士河南岸的南华克区(Southwark),相距不远。

亨斯洛在他那本颇具史料价值、记录当时伦敦戏剧情形的"亨斯洛日记"(*Henslowe's Diary*)中记载,在《亨利五世大获全胜》之前,女王剧团(Queen's Men)曾演过一部名为"亨利五世"的戏。遗憾的是,这部戏失传了。不过,这对于莎士比亚无疑是幸运的,因为他如何把这部失传的"亨利五世"当成"原型故事",从它那儿"借"了什么、怎么"借"的,我们一无所知。如此一来,莎剧《亨利五世》的"原创性"得以上升。事实上,后人眼里莎士比亚戏剧的原创性,都是这么来的!

把莎剧《亨利五世》同霍林斯赫德的《编年史》简单对比一

下,会发现几处异同:

（1）莎剧《亨利五世》将《编年史》中对亨利五世在阿金库尔之战（Battle of Agincourt）以前的所有描述一概略去,从率军远征法国开场。

（2）《亨利五世》第二幕,从《编年史》汲取零星"史实",用观众熟悉的《亨利四世》中的喜剧角色尼姆、皮斯托、桂克丽和福斯塔夫的侍童之间的插科打诨,制造喜剧氛围,把观众引向戏剧高潮的阿金库尔战场。这幕一共四场戏,第一场、第三场均为逗乐搞笑。

（3）第三幕照方抓药,七场戏中,正戏勉强占四场,且戏份并不充足:第一场极短,只是亨利五世一大段独白的独角戏,他在哈弗勒尔城下激励英军攻城,冲向突破口;第三场稍长,仅是攻城的亨利五世和守城的法国总督两人间的对话,随后,法军投降,英军进城;第五场法国王宫和第六场英军军营两场戏,可算正戏,分从法、英双方视角展望大战在即的阿金库尔之战。但第六场前半场,分明是尼姆、皮斯托、弗艾伦和高尔在耍贫斗嘴;后半场,亨利五世分别与英军弗艾伦上尉、与法国使臣蒙乔的对话,显然为搞笑而设计,这原本是莎士比亚最拿手的戏剧手段!

毋庸讳言,第二场哈弗勒尔城下一场大戏,由两场"闹戏"构成,上半场由尼姆、巴道夫、侍童、弗艾伦登场,下半场由来自四个地方的四名英军上尉联合亮相:英格兰人高尔、威尔士人弗艾伦、苏格兰人杰米、爱尔兰人麦克莫里斯。莎士比亚如此设计,绝非为展现亨利五世时代的民族融合,仅仅为了剧情热闹、好看。至于第四场,一句话,法兰西公主凯瑟琳让侍女爱丽丝教她学英语,两人的对白由英语、法语双语混杂,纯粹为博观众笑场。第七场,法军军营里,法兰西大元帅、朗布尔勋爵、奥尔良公爵与王太子之间,你一言我一语,比起尼姆、皮斯托、桂克丽和侍童之间的来言去语,顶多算言语不那么下流、粗俗的贵族式搞笑。

(4)全剧高潮的第四幕,共八场。第一场,阿金库尔英军营地,全剧最长的一场重头戏,其原创之功可算在莎士比亚头上,因为霍林斯赫德并未在《编年史》里让亨利五世身穿士兵军服同皮斯托斗嘴、跟威廉姆斯打赌。毕竟《编年史》以文字叙述战争和在舞台上以角色表演打仗不一样。

(5)霍林斯赫德《编年史》花在亨利五世身上的笔墨有三分之二落在阿金库尔战役之后,而莎剧《亨利五世》对亨利五世由法兰西得胜还朝、凯旋伦敦,"伦敦市民倾巢而出""迎接胜利的恺撒"的盛大场景,恰如剧情说明人在第五幕开场诗中所说:"直到哈里再次返回法国,此前发生的任何事,一律忽略不表。我们得把他带到法国;这中间的事情,我向您各位一语带过。"随后,正戏开场,亨利五世再次身临法国,直接迫使法国国王接受和平协议,签署《特鲁瓦条约》(Treaty of Troyes)。换言之,在莎剧《亨利五世》中,对《编年史》里亨利五世再次征战法兰西只字未提。

为吊观众胃口,第五幕第一场,莎士比亚让皮斯托、弗艾伦、高尔在法国的英军营地,上演了一场既动口又动手的"打闹"戏,以此为下一场英法两国的议和大戏预热,等真到了第二场,即落幕前最后一场戏,最大的戏份却是亨利五世向英语说得磕磕绊绊的凯瑟琳公主求婚。如前所言,"求婚"并非源于《编年史》,取自《亨利五世大获全胜》。

综上所述,莎士比亚在《亨利五世》中的原创,占到四或五成。

2. 亨利五世的真实历史

1386 年 9 月 16 日,亨利生于威尔士蒙茅斯城堡的高塔之上,故也被称作"蒙茅斯的亨利"(Henry of Monmouth),1413 年 3 月 20 日,继任国王,加冕为英国兰开斯特王朝(House of Lancaster)第二位君主。

亨利只当了九年国王,却赢得英法"百年战争"最辉煌的一次军事胜利,1415 年阿金库尔一战,击败法国,使英格兰成为欧洲军力最强大的国家之一。莎士比亚紧抓这一点,在《亨利五世》中把他塑造成中世纪英格兰最伟大的国王战士之一,以戏剧使之不朽。

亨利四世统治期间,两场大战为年轻的亨利积累了战争经验:与威尔士的欧文·格兰道尔作战;什鲁斯伯里之战,击败诺森伯兰强大的亨利·珀西家族。随着父王身体每况愈下,亨利开始获得朝中权力,但父子之间因政治歧见产生龃龉。父王死后,亨利接过王权,并宣称有权继承法国王位。

1415 年,亨利五世准备进攻法国,决心将"百年战争"(1337—1453)进行下去。随着阿金库尔战役大获全胜,亨利五世征服法国近在眼前。他利用法国内部的政治纷争,征服了法兰西王国大部分国土,第一次将诺曼底纳入英国版图,长达 200 年。经过数月谈判,1420 年,亨利五世以法兰西摄政兼法定王位继承人的身份,与法兰西查理六世(Charles Ⅵ,1368—1422)国王签订《特鲁瓦条约》,并与查理六世之女、瓦卢瓦的凯瑟琳(Catherine of Valois)结婚。凯瑟琳的姐姐,是理查二世的遗孀、瓦卢瓦的伊莎贝拉(Isabella of Valois)。但两年之后亨利五世突然去世,英法结盟一切向好的势头中断了。随后,亨利五世与凯瑟琳唯一的幼子继位,加冕为英格兰亨利六世(Henry Ⅵ, 1422—1471)。

亨利五世是亨利·布林布鲁克(Henry of Bolingbroke)和玛丽·德·波恩(Mary de Bohun, 1368—1394)之子,祖父是大名鼎鼎的"冈特的约翰"(John of Gaunt),曾祖是英王爱德华三世(Edward Ⅲ, 1312—1377)。母亲在父亲成为亨利四世(Henry Ⅳ, 1367—1413)之前过世,从未当过王后。亨利出生时,正值理查二世在位(Richard Ⅱ, 1367—1400),"冈特的约翰"是国王的监护人。由于亨利并非王位直系继承人,连生日都没有官方记录。关于他生于1386还是1387,争论了好多年。只因记录显示,他弟弟托马斯(克拉伦斯公爵)生于1387年秋,且他父母是1386年而非1387年身在蒙茅斯,由此认定,他的生日是1386年9月16日。

1398年亨利的父亲流放期间,理查王收养了亨利,对他善待有加。之后,少年亨利陪同理查王一起去爱尔兰,造访米斯郡(County Meath)特里姆城堡(Trim Castle)的爱尔兰议会旧址。1399年,亨利的祖父"冈特的约翰"去世,同年,理查王被推翻,布林布鲁克登上王位,亨利从爱尔兰回国,成为王位继承人。在父亲的加冕典礼上,亨利成为威尔士亲王(Prince of Wales),并于11月10日,成为第三位享有兰开斯特公爵(Duke of Lancaster)尊号之人,他还有其他尊号:康沃尔公爵(Duke of Cornwall)、切斯特伯爵(Earl of Chester)和阿基坦公爵(Duke of Aquitaine)。

据一份当时的记录显示,1399 年,亨利在叔叔、牛津大学校长亨利·博福特(Henry Beaufort, 1375—1447)照顾下,于王后学院(Queen's College)度过。从 1400 到 1404 年,亨利在康沃尔郡长的职位上履行职责。

不出三年,亨利有了自己的军队。他挥师威尔士,与欧文·格兰道尔(Owain Glyndwr)的军队作战,1403 年,与父王合兵一处,在什鲁斯伯里击败亨利·"霍茨波"·珀西(Henry "Hotspur" Percy)。什鲁斯伯里一战,这位 16 岁的少亲王脸部中箭,险些丧命。若换成普通士兵,受此箭伤,必死无疑。他先是得到最精心照料,几天后,御医约翰·布拉达莫(John Bradmore)为他实施手术,用蜂蜜和酒精处理伤口,把断在脸里的箭杆取出,但脸部留下的永久疤痕,成了他经受战争洗礼的标记。

亨利四世身体不佳,从 1410 年 1 月起,在两位叔叔亨利·博福特和托马斯·博福特(Thomas Beaufort)的帮助下,亨利改组政府,掌控了整个国家,开始推行自己的治国方略。1411 年 11 月,亨利四世重新掌权,围绕内政外交,父子间发生争吵。最终,父王废除了亲王的所有政策,并将他逐出枢密院。亨利四世如此震怒,除了父子间的政治歧见,很可能因亨利四世听到密报,说博福特兄弟私下商讨叫他退位。不难推断,亨利的政敌没少诋毁他。

显然,莎士比亚在《亨利四世》中把亨利王子塑造成一个放荡青年,可部分归于父子间的这种政治敌意。事实上,关于亨利卷入战争和政治的历史记录,并不支持这一说法。像最有名的亨利与大法官的争吵(即莎剧《亨利四世》中亨利掌掴大法官)事件，直到 1531 年才经外交官托马斯·埃利奥特爵士（Sir Thomas Elyot，1490—1546）之口第一次说出来。

　　福斯塔夫的原型是亨利五世早期结交的朋友、罗拉德派（Lollards）领袖约翰·奥尔德卡斯尔爵士（Sir John Oldcastle）。在莎剧《亨利四世》中，莎士比亚紧随其素材来源《亨利五世大获全胜》，最初给福斯塔夫起的名字就叫"奥尔德卡斯尔"（"Oldcastle"），即"老城堡"之意，因其后人反对，为避名讳，才改为"福斯塔夫"（Falstaff）。事实上，福斯塔夫是由好几个真实人物构成的一个复合形象，其中包括参加过"百年战争"的约翰·福斯多夫爵士（Sir John Fastolf，1380—1459）。单从"福斯塔夫"来自"福斯多夫"亦可见出，莎士比亚真是改编圣手。当时，坎特伯雷大主教托马斯·阿伦德尔（Thomas Arundel，1353—1414）直言不讳反对罗拉德派，而亲王与奥尔德卡斯尔的友谊，可能给了罗拉德派希望。倘若如此，他们的失望可从死于 1422 年的教会编年史家托马斯·沃尔辛厄姆（Thomas Walsingham）的描述中找到答案：亨利当上国王，突然变成一个新人；恰如在《亨利四世》（下篇）结尾，以前那个放荡的哈里王子突然变成一个"新人"——亨利五世，随即将福斯塔夫丢弃。

　　1413 年 3 月 20 日，亨利四世去世，4 月 9 日，亨利在威斯敏斯特教堂加冕为英格兰国王。一场可怕的暴风雪为加冕典礼烙下印记，但平民百姓搞不清这种天象预示着怎样的吉凶祸福。亨利的形象被描绘成"身材高大（6 英尺 3 英寸）、修长，黑发在耳朵上方剪成一个圆圈，胡须剃净"。他肤色红润，鼻子尖尖，情绪之变化取决于眼神里透出"鸽子的温和还是狮子的智慧"。

继位之后，亨利明确一点，推行所有政策都是为建立统一的英格兰。一方面，他既往不咎，体面地将堂叔理查二世的骸骨重新安葬，奉于威斯敏斯特教堂；对有权继承理查二世王位的五世马奇伯爵埃德蒙·莫蒂默（Edmund Mortimer, 5th Earl of March, 1391—1425）加以恩宠；把那些在亨利四世统治时期倒霉的贵族后人的爵位和财产逐步恢复。另一方面，亨利看到国内危机的风险，1414 年，坚决而无情地取缔了反对教会的罗拉德派，1417年，为免除后患，将他的老朋友约翰·奥尔德卡尔斯爵士判处绞刑，并焚尸。

国内日趋平稳。亨利在位九年，唯一的时局动荡来自 1415年的"南安普顿阴谋"。这年 7 月，正当亨利厉兵秣马，准备从南安普顿起兵进攻法兰西，马萨姆的三世斯克鲁普男爵亨利·斯克鲁普（Henry Scrope, 3rd Baron Scrope of Masham, 1370—1415），与三世剑桥伯爵康尼斯堡的理查（Richard of Conisbough, 3rd Earl of Cambridge, 1385—1415）合伙密谋，打算把莫蒂默推上王位，取代亨利。莫蒂默是爱德华三世（Edward Ⅲ, 1312—1377）次子、一世克拉伦斯公爵安德卫普的莱昂内尔（Lionel of Antwerp, 1st Duke of Clarence, 1338—1368）的曾孙，是理查二世王位的合法继承人。但莫蒂默本人对亨利十分忠诚，不仅未卷入这一阴谋，还向亨利把两位密谋者告发了。一场走过场的审判之后，斯克鲁普和剑桥伯爵被处决。这位掉了脑袋的剑桥伯爵，是未来曾两度执政的英格兰国王爱德华四世（Edward Ⅳ, 1442—1483）的祖父。

对于历史上真实存在的"南安普顿阴谋"，《亨利五世》第二幕第二场做了戏剧性的专场处理，先由剧情说明人在第二幕正戏开场前交待，设置冲突悬念："三个贪腐之人：——第一个，剑桥的理查伯爵；第二个，马萨姆的亨利·斯克鲁普男爵；第三个，诺森伯兰的骑士托马斯·格雷爵士，——为了法兰西的金子——真犯罪啊！——他们与担惊受怕的法兰西密谋，要在这位国王中的翘楚（即亨利五世），去南安普顿登船驶往法国之前动手，假如地狱和背叛信守诺言，国王必死无疑。"然后，在第二场正戏中，由国王揭穿阴谋，当众宣布判决："你们勾结敌国，谋反本王，收受贿金，欲置我于死地；你们要出卖、杀戮你们的国王，将他的亲王、贵族卖身为奴，叫他的臣民遭屈受辱，把他的整个王国败光毁灭。对于我本人，并不谋求报复。但王国的安全，我必须格外珍重；你们却要毁了它，我只得把你们交付国法。因此，去吧，你们这些卑贱的可怜虫，去受死吧。"

从 1417 年 8 月起，亨利五世开始推广使用英语，他的统治标志之一，便是"衡平标准英语"（Chancery Standard English），即中古英语（middle English），正式出现。亨利五世是诺曼人在 350 年前征服英格兰之后，第一位在私人通信中使用英语的国王。

国内平安无事，亨利把注意力转向国外。后世有位作家曾断言，亨利在教会政治家的鼓励下，把进攻法兰西作为避免国内乱局的手段。但这一说法毫无根据，显然，旧的商业纠纷和法国一贯支持欧文·格兰道尔，加之法国国内失序，和平难以为继，才是战争诱因。看法国，法兰西查理六世（Charles VI，1368—1422）身患精神病，他有时会把自己想成是玻璃做的，而且，从他在世的长子路易（Louis，1397—1415）身上看不到希望。同时，再看英国，从国王爱德华三世起，英格兰王朝开始追讨法兰西王位继承权,并自认有正当理由向法兰西开战。

阿金库尔战役之后,后来成为神圣罗马帝国皇帝(1433—1437在位)的匈牙利国王、卢森堡的西吉斯蒙德(Sigismund of Luxembourg,1368—1437)到访英格兰,他此行的目的,是出于为英法间的和平着想,劝说亨利修改对法国人的权利要求。亨利盛情款待西吉斯蒙德,授予他嘉德勋章(Order of the Garter)。西吉斯蒙德投桃报李,把亨利召入由他在1408年创立的“龙骑士团”(Order of the Dragon)。为将英法王权合二为一,亨利打算对法国发动“十字架东征”,但死神使他的所有计划落空。西吉斯蒙德在英格兰待了好几个月,临行前的1416年8月15日,与亨利签署《坎特伯雷条约》(Treaty of Canterbury),承认英国对法国拥有主权,而且,这份条约为结束西方教会分裂铺平了道路。

阿金库尔之战是英国对法国外交胜利的关键之战,堪称亨利辉煌生涯的顶点。

1415年8月12日,亨利率军横渡英吉利海峡,围攻哈弗勒尔(Harfleur)要塞,9月22日,夺取哈弗勒尔。之后,他不顾枢密院的警告,决定部队穿越乡村挺进加来(Calais)。10月25日,在临近阿金库尔村的平原,一支法军拦住了英军去路。一路劳顿使英军疲惫不堪,营养不良,但亨利率军果断出击,以少胜多,彻底击败法军,英军伤亡很少。惯常的说法是,决战前夜,暴雨将法军士兵浑身浇透。次日,全副武装的法军身陷泥泞,一下成了侧面英格兰和威尔士弓箭手的箭靶。事实上,两军交战,当一方士兵深陷泥泞,极易遭对方骑兵砍杀。大部分法军士兵都是这么死的。

无疑,阿金库尔之战是亨利的最辉煌胜利,也是英国在“百年战争"史上取得的可比肩"克雷西之战"（1346）和"普瓦捷之战"（1356）的最伟大胜利。从英国人的观点来看，阿金库尔之战只是英国以战争手段收回被法国占领、本该归属英国王权的领土的第一步。正是阿金库尔的胜利使亨利意识到，他可以得到法国王位。

将法国的盟国热那亚驱离英吉利海峡，使英国的制海权有了保障。正当亨利忙于1416年和平谈判之时，一支法国和热那亚联合舰队包围了英军驻防的哈弗勒尔，另有一支法军地面部队包围了城镇。为解哈弗勒尔之围，亨利命弟弟兰开斯特的约翰、一世贝德福德公爵（John of Lancaster, 1st Duke of Bedford，1389—1435），率一支舰队于8月14日从比奇角（Beachy Head）起航。次日，经过7小时激战，"法热舰队"落败，哈弗勒尔解围。

击败了两个潜在敌人，在阿金库尔之战胜利两年之后的1417年，经过精心准备，亨利再次远征法国。英军很快攻克下诺曼底（Lower Normandy），围困鲁昂（Rouen）。这次围城给亨利的国王声誉，投下比在阿金库尔下令杀掉战俘更大的阴影。成群的妇孺被从鲁昂城强迫驱离，他们饥饿无助，本以为亨利会让他们穿过军营，放他们一条生路。但亨利不许！最后，这些可怜的妇孺都饿死在环城的壕沟里。

勃艮第派（Burgundian）和阿马尼亚克派（Armagnacs）之间的争执使法国陷于瘫痪，亨利熟练地将两派玩于股掌之间，用一方反对另一方。

1419年1月，英军攻陷鲁昂，那些抗击英军的诺曼法国人（Norman French）受到严厉惩处：将英军俘虏吊在鲁昂城墙上的弓弩手指挥官阿兰·布兰卡德（Alain Blanchard）被立刻处死；把亨利国王开除教籍的鲁昂大教堂教区牧师罗伯特·德·利维特（Robert de Livet）被押往英格兰，监禁五年。

8月，英军兵临巴黎城外。交战，还是议和，法国人自乱阵脚。9月10日，"无畏的约翰"勃艮第公爵（John the Fearless, Duke of Burgundy）在蒙特罗（Montereau）桥头，被"王太子派"的人暗杀。有"好人菲利普"（Phillip the Good, 1396—1467）之称的新勃艮第公爵，即勃艮第公国菲利普三世（Phillip, 1419—1467在位），取代被暗杀的父亲，与法国宫廷一起前往英军营帐。经过六个月谈判，英法签署令法国丧权辱国的《特鲁瓦条约》，法国承认亨利为法兰西摄政王和查理六世死后的法兰西王位继承人。1420年6月2日，亨利在特鲁瓦大教堂与法兰西公主、查理六世之女"瓦卢瓦的凯瑟琳"（Catherine of Valois, 1401—1437）结婚。1421年12月6日，两人唯一的儿子在温莎城堡出生。

1420年六七月间，英军攻占巴黎城外蒙特罗－佛尔特－伊庸（Montereau-Fault-Yonne）的军事堡垒要塞。11月，英军攻占位于巴黎东南40多千米的默伦（Melun），此后不久，亨利返回英格兰。直到亨利死后7年的1428年，被称为"胜利者"（the Victorious）的法国瓦卢瓦王朝第五任国王、也是"百年战争"终结者的查理七世（Charles Ⅶ, 1403—1461），才重新夺回蒙特罗－佛尔特－伊庸。但很快，这些堡垒要塞再次落入英军之手。最后，1437年10月10日，查理七世收复蒙特罗－佛尔特－伊庸。

亨利回英格兰，在法国的英军归克拉伦斯公爵托马斯指挥。1421年3月22日，英军在与法国和苏格兰联军对阵的"波日之战"（Battle of Bauge）中损失惨重，托马斯公爵不幸阵亡。6月10日，为扭转战局，亨利重返法兰西，进行生平最后一场战役。从7月打到8月，英军攻占杜勒克斯（Dreux），为沙特尔（Chartres）的盟军解围。10月6日，英军围困莫城（Meaux），1422年5月11日，攻陷莫城。8月31日，亨利突然死于巴黎郊外的万塞纳城堡（Chateau of Vincennes），年仅36岁。据说，可能在围攻莫城时身染痢疾。

亨利五世死前不久，任命弟弟兰开斯特的约翰、一世贝德福德公爵（John of Lancaster，1st Duke of Bedford，1389—1435），以他儿子、刚几个月大的亨利六世（Henry Ⅵ，1421—1471）之名，为法兰西摄政王。亨利五世原本期待签署《特鲁瓦条约》后，能很快头戴法兰西王冠，但那位疾病缠身的查理六世，还比他这位王位继承人多活了不到两个月，于10月21日病逝。亨利的遗体由他的战友们和一世达德利男爵约翰·萨顿（John Sutton，1st Baron of Dudley，1400—1487）护送回国，11月7日，在威斯敏斯特教堂安葬。

综上所述，总结三点：

第一，莎士比亚对再现亨利五世王朝复杂的真实历史毫无兴趣，他深知，一座小舞台搁不下这么多宫廷秘史，更无法、也没必要多次呈现"百年战争"的疆场厮杀。因此，他只截取亨利五世最彪炳英格兰史册的辉煌业绩——阿金库尔之战，即"亨利五世大获全胜"，让伊丽莎白一世时代的英格兰人重温先祖战胜法兰西的最大荣耀。或许，时至今日，英国人（不知是否包括苏格兰人和北爱尔兰人）仍把亨利五世视为英国史上最伟大的国王战士。

　　第二,出于剧情急需,即让亨利五世娶凯瑟琳为妻,以便赶紧剧终落幕,莎剧《亨利五世》第五幕最后一场,把历史上持续谈判六个月之久才签署的《特鲁瓦条约》,安排在小半天时间之内尘埃落定。而且,亨利五世在等待谈判结果期间,向凯瑟琳求婚成功。这实在是莎士比亚擅长的"皆大欢喜"式的喜剧性结尾。何况,这是一个可以借祖宗荣耀令英国人喜上眉梢、叫法国人愁眉苦脸的结局。

　　第三,大胆推测,或许莎士比亚只惦记尽速从霍林斯赫德的《编年史》里取材,写戏挣快钱,对比他年长 178 岁的亨利五世的真历史,并不怎么熟悉。因为真实历史显示,1403 年什鲁斯伯里之战,箭伤在亨利脸部留下永久的疤痕。而莎士比亚在其《亨利五世》第五幕第二场,写到亨利五世向凯瑟琳求爱时,只是说:"唉,真该诅咒我父亲的野心!在我坐胎之时,他一心想着内战:所以我生来一副粗硬外表,脸色如铁,一开口向姑娘们求爱,吓不跑才怪。可是,说真的,凯特,等我上了岁数,会显得好看点儿。我的安慰是,把皱纹存满容颜的老年,也没办法再糟蹋我这张脸。"

　　试想,假如莎士比亚熟知历史,让亨利五世在这儿适度吹嘘一下自己脸上这道由什鲁斯伯里之战留下的荣耀伤疤,不正是剧情需要的嘛!除此之外,为使剧情衔接简单利索,别节外生枝,莎剧《亨利五世》对法国的勃艮第派和阿马尼亚克派两派内斗,以及勃艮第公爵被暗杀只字未提。

　　简言之,莎士比亚意不在剧中如何写出真历史,只在乎于舞台之上如何"戏说"历史的那些事儿。作为一名天才编剧,他的确善于在"史剧"中把"那些事儿"张冠李戴,仅举以上这段台词为例,此处所谓"在我坐胎之时,他一心想着内战"之"内战",在剧中指的是史剧《亨利四世》里,布林布鲁克(即后来的亨利四世)夺取理查二世王位的内战。但真实历史是,亨利五世于1386年出生时,当时的赫福德公爵(即后来的亨利四世)同理查王之间,尚未发生任何冲突。

一句话,莎剧中的"戏"历史并非英格兰的真历史!

三、戏中的史诗:中世纪英格兰伟大的国王战士

英国当代莎学家乔纳森·贝特(Jonathan Bate)在其"皇莎版"《莎士比亚全集·亨利五世》导言中开篇即说:"《亨利五世》已成为英国人爱国主义的同义词。一个冲劲十足的年轻国王纯以言辞之力,激活军中将士之神勇,克服重重困难,赢得一场辉煌的军事胜利。这些言辞早已变成传奇:'再冲一次那个突破口,亲爱的朋友们,再冲一次。''上帝保佑哈里、英格兰与圣乔治!''我们这几个人,我们这几个幸运之人,我们这群兄弟。'莎士比亚写于16世纪90年代的其他历史剧,描绘的是一个四分五裂、为王位合法继承权焦虑不安的英格兰,该剧中的英格兰则似乎是统一的、所向披靡的王国。或许莎士比亚没有哪出戏的情节如此简单:哈里国王宣称有权继承法兰西王位,挫败一个小阴谋,扬帆起航,攻陷哈弗勒尔,取得阿金库尔大捷,与战败的国王之女结婚。演员阵容几乎全由对他忠诚的将士及法兰西敌人组成,尤其法国王太子是对'暴脾气'(Hotspur)那类可怜人的戏仿。然而,像莎剧中常见的情形一样,在此'几乎'之中有不少预留。《亨利

四世》(下篇)剧终收场白允诺后续故事中'里边有约翰爵士':胖爵士缺席为国王凯旋蒙上一层阴影。"

"情节如此简单",如何谱写、颂扬这位伟大的"国王战士"的辉煌业绩？问题在于,他不单是一个国王,更是一个战士！

答案十分简单,或者说,莎士比亚以最简单(当然并不简单)的戏剧手法,为《亨利五世》制造出了较为理想的戏剧效果,当然,这样的效果远不如《理查二世》、尤其《亨利四世》(上下篇)那么理想。具体讲,这位"中世纪英格兰伟大的国王战士"后世之所以成为"英国人爱国主义的同义词",还得归功于莎士比亚颇费心思地在剧中运用四种戏剧方式为国王"颂圣":

1. 第一种,开场诗的直白"颂圣"

莎士比亚在每一幕正戏开场前,都安排了"剧情说明人"出场,这在莎剧中十分少见。五幕戏,"剧情说明人"的五首开场诗,以富有想象力的诗体语言,以简笔直白的方式,整体勾勒每幕剧情,直接描摹亨利五世这位罗马神话中战神一样的"国王勇士",赞美他为英格兰赢得古罗马恺撒大帝一样的胜利。

第一幕正戏开场前,剧情说明人登台亮相,他说的全剧开场诗(也是第一幕开场诗)的头一句是:"啊！愿火热的缪斯女神,引我们上升,到达最光明的灵感天国,——以王国作舞台,亲王们来演戏,宏伟的场景由君王来观看！然后,威武的哈里,一位国王勇士,以马尔斯的姿态亮相。"点明国王在这一幕戏里的亮相姿态。

第二幕开场诗的头一句是:"眼下,全英格兰青年燃斗志,华美服装卧衣箱;现在,造盔甲的生意红火,荣誉思想主宰每个人的心胸：此时他们卖掉牧场去买马，像一群英格兰的墨丘利，脚跟生双翅，去追随所有基督教国王的典范。"点明全英格兰的爱国青年决心追随这位"所有基督教国王的典范"征战法兰西。

第三幕开场诗，剧情说明人仍然一开口就说："凭着想象的翅膀，飞速转换场景，移动之快一点儿不比思想慢。想象您已亲眼目睹顶盔掼甲的国王在汉普顿码头登船；他勇敢的舰队的华贵战旗，迎着福玻斯炽热的面容猎猎飘扬。"点明头戴战盔身穿铠甲的国王将统率英格兰舰队迎着初升的太阳启航。

第四幕开场诗中的这段话——"啊！此时，若有谁看到这支注定毁灭之师的君王主帅，一处一处岗哨、一个一个营帐地走，让他高喊：'愿赞美和荣耀降临在他头上！'因为他巡访整支部队，面带微笑，向所有士兵道早安，称呼他们兄弟、朋友、同胞。面对强敌围困，他一脸威严、毫无惧色；整宿巡夜警戒，毫无倦容；只见他神情饱满，以愉快的面容和亲切的尊严战胜疲劳的迹象；每一个苦命人，身体虚弱、面色苍白，一见到他，便从他的神情里摘取了安慰。他那无拘无束的眼神，像普照宇宙的太阳，惠及每个人，把冰冷的惊恐消融。"已可算"颂圣"的"赞美诗"，——意在让观众反向去想，由这样坚毅、神勇、乐观、亲和、视士兵为手足兄弟的"君王主帅"统率的军队，怎么可能"注定毁灭"？！一个甘与士兵同命运的国王形象兀然而立。

这是阿金库尔大战前临危不惧的勇敢国王。

第五幕开场诗中的这一段——"想象的步伐如此迅疾，甚至眼下，您不妨想象他已来到布莱克希思。在那儿，朝臣们希望把他凹痕的战盔和卷刃儿的宝剑,举在前面,穿街过市。可他不容许;他毫无虚荣心,毫不自骄自傲;所有胜利的标志、象征和炫耀,他一概不要,他把一切归于上帝。但现在瞧吧,在激活了想象的熔炉和作坊里,伦敦市民倾巢而出。市长,同他的所有议员,身着华服,像古罗马元老们一样,身后跟着成群的市民,前来迎接胜利的恺撒。"——分明是"颂圣"的英雄史诗,意在把亨利五世定格为这样一种双重形象:虔诚的"基督教国王"和"胜利的恺撒"。

这正是英国人心目中那个赢得阿金库尔大捷、荣耀升至顶点的国王。

2. 第二种,本国的集体"颂圣"

这集中体现在第一幕两场戏里。第一场一开场,由坎特伯雷大主教和伊利主教的交谈,把一个完全摒弃了哈尔王子身上放荡之气"改过自新"的亨利五世形塑出来,先是伊利主教说,国王"对神圣的教会真心挚爱"。坎特伯雷马上回应:"他年少时的品行没透出这种预示。他父亲刚断气儿,他便自己杀了野性,好像也跟着死了;是的,就在那一刻,冥思,像一位天使,来了,把他体内的原罪用鞭子赶走,留身躯作一处清纯之地,包藏和容纳天堂的精灵。没有谁像他一样突然变成一个学者;从没见改过自新像一股洪水,如此急流奔涌,冲掉一切罪过;没有谁像这位国王似的,倏忽间,一下子就叫九头蛇的任性丢了王座。"

这不算完,心里打定以"颂圣"保住教会资产的坎特伯雷大主教极尽赞美之词:"只要听他辩神学,你便打心里敬佩,唯愿国王担任大主教;听他论国事,你会说他精于研究,洞悉国情;听他讲战争,你会听到他把一场可怕的战事当音乐尽情演奏。甭管向他提什么政治问题,他都会像解袜带一样,熟练地解开戈耳狄俄斯之结……"

两位主教一唱一和,为第二场正式亮相的无所不能的国王做足了铺垫。

第二场开场,国王要坎特伯雷大主教一定要"清晰而虔诚"地解释清楚《萨利克法典》:"我亲爱的、忠诚的主教大人,上帝不准您蓄意曲解,或按您内心的理解巧立名目,对我要求的权利,做出与真理不匹配的虚假解释;因为上帝知晓,为尊驾您激励我所做之事,将有多少七尺男儿倾洒鲜血。"这里,表面上意在彰显国王的美德,即他必须在确定自己有权继承法兰西王位之后才率军征战法国,为继承权而战;实则称赞国王远大的政治谋略,同时,他对战争将给两国带来什么一清二楚:"因为这两大王国交战,非流太多血不可;每一滴无辜的血便是一件惨祸,一声悲号,抗议那个把积怨付于刀剑,如此草菅人命之人。在这样的恳求下,说吧,主教大人,因为我愿听,会留心听,并从心底相信,您所说的话都经过良心的洗涤,清纯如经洗礼洗净的罪孽。"之后不久的阿金库尔战役的确是一场血战。

坎特伯雷大主教掰开揉碎把《萨利克法典》详细解释一番,归结一点:"法兰西历代国王承传至今,可他们还一厢情愿,要以这个萨利克继承法,阻止陛下您拥有母系继承权;他们宁愿网里藏身,也不愿把从您和您先人那儿夺来的虚假的王位继承权,公然昭示出来。"此时,亨利五世并不急于决断,只是明知故问:"我可以名正言顺、凭着良心要求这一继承权吗?"莎士比亚如此设计台词,匠心在于,他要让这位满腹韬晦的国王等那些主战的主教和贵族们内心燃起征战的烈焰之后,再顺手往火里添一把柴。

于是,主教和贵族们的集体"颂圣"开始了。先由坎特伯雷大主教发出赞美:"罪责恶名算我头上,威严的君王!因为圣经《民数记》里这样写着:——人死后,遗产由女儿继承。仁慈的陛下,捍卫自己的权利;展开血红的旗帜;回顾您伟大的先王们……"

伊利主教见坎特伯雷大主教抬出爱德华三世和"黑王子"征战法兰西的荣耀,不甘落于其后,立刻响应,祈愿国王:"唤醒对这些神勇死者(指亨利五世的先祖)的回忆,用您强有力的臂膀再展他们的功勋;作为他们的继承人,您坐在他们的王座上,令他们扬威的鲜血和勇敢在您的血管里流淌……"

紧随两位主教之后,两位善于领兵打仗的贵族将军先后表态,国王的叔叔埃克塞特公爵说:"当世兄弟国家的君王们,无一不盼着您,像您狮子般的先王们那样振奋起来。"威斯特摩兰伯爵接着说:"他们都知道陛下您名义、财力、兵马样样俱全;陛下您的确无一不备。从没哪个英格兰国王有过更殷实的贵族、更忠诚的臣民,他们身在英格兰,心却早已躺在法兰西战场的营帐里。"坎特伯雷大主教火上浇油:"啊,让他们的身体随心同往,亲爱的陛下,用血、用剑、用火,去赢得您的权利。为援助陛下,我们教会愿捐您一笔巨款,数额比以前教会捐给先王们的任何一次都多。"

这正是国王需要的,开战的钱财和将军们的征战之心一应俱全!亨利五世随即传令,面见法国王太子派来的使臣。同时,他对主教和贵族们表示,决心对法兰西开战:"凭上帝神助,有你们相帮，你们是我军中的高贵支柱，法兰西本该属于我，我要叫它臣服于我，如若不然，便把它整个击碎……"

闻听此言，坎特伯雷大主教立刻"颂圣"赞美："进军法兰西吧，陛下。把您幸运的英格兰一分为四；您只率四分之一挥师法国，便足以威震整个高卢（法国）。倘若我们不能以四分之三的国内兵力，将这条狗拒之门外，那就让我们在狗嘴里颤栗，将勇武之族、谋略之国的美名丧失殆尽。"

这是莎士比亚写人物刻意讲究的地方，他透过戏剧对白刻画出坎特伯雷大主教复杂的微妙心理，他急于开战的初衷与贵族将军们不同，后者为国王和英格兰的荣誉而战，对于他，当时迫在眉睫的形势是，只有国王远征法国，才能保证他统领下的英格兰教会的资产。至于国王，有钱开战，去赢得法兰西的王位继承权乃第一要务，至于教会资产，一句话搞定。

一番苦心得到回报，两位主教的戏剧作用完成，从第二幕到剧终没再出场，毕竟远征法兰西是军人们的事儿。

3. 第三种，敌国的反向"颂圣"

这类"颂圣"集中体现在第二幕第四场，王宫，法兰西国王查理六世正与法军大元帅和贵族们商讨，如何面对英格兰"犹如激流吸进一个漩涡"的"凶猛"进攻。国王提出必须"立即行动，火速发兵，用精兵良将和防御物资，加强、新修我方战备城镇的防御设施"。但王太子认为，"万不可惊慌失色"，"英格兰由一个如此不中用的国王统治，由一个虚荣、善变、浅薄、任性的年轻人如此异想天开地执掌王权，毫不足惧。"

这时，敌国的反向"颂圣"正式开场，先由法军大元帅由衷赞叹："啊，别说了，王太子殿下！您把这位国王看错了。殿下，问一下您最近派去的使臣，——他在听取他们的使命时，是何等威严；他身边有多少高贵的忠臣，他们提出异议时有多么委婉；还有，他坚定的决心有多么令人恐惧，——您就会发觉，他以前干那些荒唐事，只是罗马人布鲁图斯的外貌，拿一件愚笨的外衣遮住睿智，真好比园丁用粪便藏起的那些根茎，必先萌发最娇嫩的蓓蕾。"然而，在此给大元帅预留下一个自我反讽，第三幕第七场，阿金库尔决战在即，大元帅仿佛换了一个人，他根本没把英军放眼里，信心爆棚地说："今天，法兰西勇士们的出鞘之剑，将因玩儿不尽兴而收剑入鞘。只要冲他们吹口气，我们的豪勇之气就能把他们掀翻在地。"或曰，这是莎士比亚因写戏仓促留下的戏剧破绽？

法国国王则不敢掉以轻心，他郑重其事地表示："让我们把哈里国王视为强敌，诸位王公贵族，要确保以强大的军力对付他。他的亲族曾尝了血腥的滋味追猎我们……对他天生的勇武和命运，我们要当心。"

为颂扬亨利五世，莎士比亚颇费心思，他替法国国王设计的"颂圣"方式是曲笔赞美，没让法国国王直接夸赞亨利五世，而是极力称颂亨利五世两位伟大的祖先——爱德华三世和黑王子爱德华，他们给法兰西历史留下"永记不忘的奇耻大辱"。然而，在此又给法国国王预留下一个自我反讽，第五幕第二场，剧终幕落之前，查理六世必须吞下更大的"奇耻大辱"：签署丧权辱国的和平条约（即《特鲁瓦条约》），按英格兰国王的要求，"今后凡遇赐封官爵或土地，书写诏书之时，必须以这种尊号称呼陛下，法文是'我至亲的亨利女婿,英格兰国王,法兰西继承人'。拉丁文是'我至爱的亨利女婿,英格兰国王,法兰西继承人'。"对,没错,和平条约的"第一条款"就是逼迫法国国王把女儿凯瑟琳嫁给英格兰国王。真是赔了女儿又折兵!

4. 第四种,史诗的自我"颂圣"

这种史诗般的自我"颂圣",从第一幕第二场后半段亨利五世召见法国使臣就开始了。法国使臣奉王太子之命觐见亨利五世,开门见山转述王太子的口信:"陛下最近派人去法国,以您伟大的先王爱德华三世的权利为依据,要求拥有几处公爵领地。为回应这一要求,我主太子殿下说,您过于年轻气盛,并提出警告,在法国没什么东西凭一场轻盈的欢快舞蹈便唾手可得;——单靠狂欢进不了那儿的公爵领地。所以,为更迎合您的脾气,他送您这一箱宝物;希望您别再要求什么公爵领地,就算您回敬这箱宝物了。"

国王听完,只轻描淡写问埃克塞特公爵一句"什么宝物,叔叔?"埃克塞特查看箱内装着网球,回复说:"网球,陛下。"面对如此嘲弄,亨利五世丝毫不动怒,而是表现出一代圣君才有的从容大度,他对使臣说:"很高兴王太子拿我如此打趣;感谢他的礼物和你们的辛劳:等我给这些球配好网球拍,我愿去法国,凭着上帝的恩典,跟他打一局,一定把他父亲的王冠打进球洞。告诉他,跟他对局的,是个喜欢找碴儿的对手,法国的所有球场都将因回球弹地两次变得骚乱不安。……告诉王太子,我会以上帝的名义前来,尽力为自己复仇,并在一件神圣的事业中生出我正义之手。"这不怒自威的豪言,是亨利五世在剧中的第一篇自我"颂圣",昭示出一代雄主舍我其谁的霸气。

这是向敌国传递发动战争的信号:亨利五世对英格兰王位兴趣不大,他要在法兰西崛起君威王权的伟大荣耀。最后,亨利五世叫使臣转告王太子:"他的玩笑只是耍小聪明的逗趣,有人发笑,却更有千万人哭泣。"

全剧中,几乎每篇亨利五世的大段独白都是一首英雄颂歌,颂歌的主人公是国王自己。第二幕第二场,南安普顿,出兵之前,亨利五世不动声色,事先搜集好确凿证据,然后当众揭穿斯克鲁普勋爵、剑桥伯爵、格雷爵士三位贵族的阴谋。

在此,亨利五世有两大段独白,第一段义正辞严地逐一指责这三个"反咬"君王"仁慈之心"的叛国者:"我本有一颗鲜活的仁慈之心,却被你们的秘密击败、杀死:你们若知羞耻,必不敢谈什么仁慈,因为就像群狗反咬主人,你们的心胸被自己的论调撕咬。——我的亲王、贵族们,看吧,——这些英格兰的怪物!……既如此,你的堕落留下一种污点,使溢满美德和天赋超凡之人,也叫人怀疑了。我会为你哭泣;因为在我眼里,你这次背叛就像人类又一次堕落。——(向埃克塞特。)这三个人罪行昭彰,逮捕他们,依法追责;——愿上帝赦免他们的罪恶阴谋! "

这是一篇作为上帝代表的国王的宣言,面对如此"仁慈"之君,三位叛臣俯首认罪,恳请宽恕。接着,是亨利五世的第二段长篇独白:"愿仁慈的上帝宽恕你们! 听着,这是判决:你们勾结敌国,谋反本王,收受贿金,欲置我于死地;你们要出卖、杀戮你们的国王,将他的亲王、贵族卖身为奴,叫他的臣民遭屈受辱,把他的整个王国败光毁灭。对于我本人,并不谋求报复。但王国的安全,我必须格外珍重;你们却要毁了它,我只得把你们交付国法。因此,去吧,你们这些卑贱的可怜虫,去受死吧:愿仁慈的上帝给你们耐性,经受死神的考验,真心忏悔一切可怕的罪行……"

至此,已不难发现,莎士比亚为亨利五世的每篇自我"颂圣",都委以不同的戏剧作用,这番独白作用有二:以仁慈的上帝的名义,对叛臣进行宣判;以国王的名义,发布英格兰王国团结一心征战法兰西的战前誓言。莎士比亚擅于运用戏剧人物长篇独白的语言张力,在这段对白最后,他让紧张的语境一下松弛下来,以一首两联句韵诗,把亨利五世铲除叛徒后内心轻松、振奋精神的状态显露出来:"开心去海上,高举起战旗。若不称法王,誓不做英王。"

戏剧舞台空间十分窄小,无法像电影全景镜头那样表现宏大的战争场景。莎士比亚不必操心在他死后300多年产生电影之后电影导演操心的那些事儿,而只需透过舞台表现出戏剧人物和情景的戏剧力便足矣。

第三幕第一场,英军兵临哈弗勒尔城下,莎士比亚只安排国王发表一篇最典范的英雄史诗作为攻城动员令,英军便突破了哈弗勒尔的防守:"再冲一次那个突破口,亲爱的朋友们,再冲一次;否则,英国人只能用尸体把这城墙围困!……我看你们站在这儿,活像被皮带勒紧的猎犬,随时准备出击。猎物在移动:由着你们的血性,炮响一声,高喊:'上帝保佑哈里、英格兰与圣乔治!'"

这恰是《亨利五世》最迷人、最成功的地方,既然莎士比亚要以戏的方式为国王写史诗,那最简单、直接又有效的方式,便是在国王一个人身上做足文章，让国王以一篇又一篇爱国主义演说把自己彰显到最大化。因此，在剧中，观众一次又一次看到演说中的国王。他修辞力量之巨大，足以攻陷敌方城池。但显然，国王的演说常有空洞的自我吹嘘之嫌，内容高大上，手法单调，缺少戏剧性。这一来，国王的演说又变成《亨利五世》艺术上的短板。诚然，莎士比亚从开始动笔就为《亨利五世》选定了这样的戏剧方式，即让"戏中的史诗"远远大于"史诗中的戏"。

第三幕第三场，亨利五世再次以长篇演说的方式，对哈弗勒尔总督发出最后通牒："城里的总督还没决定？这是我允准的最后一次停火谈判：所以，接受我最大的仁慈，否则，就像那些毁于自傲之人，把能使的手段都使出来，拼死抵抗……"

然而，毋庸置疑，这种"颂圣"方式为后人眼里的国王留下了名誉的污点，即这一段充满血腥的诗意文字，刻画出的这位"国王战士"恰是"国王"与"战士"的组合：一个无坚不摧的国王，一个"嗜血成性"战士。只是对此，无法断定莎士比亚是有意，还是无意为之。或许这里透露莎士比亚这样的反讽：一个怀有"仁慈之心"的基督教国王，对另一个信奉上帝的基督教王国，可以"伸出血腥的手肆意屠戮"？不得而知！

剧情发展到第三幕第六场，阿金库尔决战前夕，亨利五世向奉命前来讨要赎金的法军传令官蒙乔，故意示弱："你很好履行了使命。回去，告诉你的国王，——眼下我还不会追击他，只想毫无阻碍挺进加来。因为，老实说，——向一个狡猾和有军事优势的敌人透露这么多，一点不明智。——我的兵力因疾病削弱很多，人员减少，现有兵力不见得强于法军；……就这么告诉你的主人。"

这是一个无比自信、勇往直前的国王！

第四幕第一场，亨利五世乔装打扮，微服巡营。在此，莎士比亚把国王自我"颂圣"的口吻，变成对一个普通人的内心书写。考特、贝茨和威廉姆斯三个普通士兵，谁也不知道跟他们交谈的正是国王本人，他们自然流露出临战之际的胆怯。自称"一个朋友"、在欧平汉手下当兵听差的亨利五世毫不避讳地透露英军的处境"真好比遭受海难的一群人困在沙洲上，只等下一次潮汐将他们冲走"。然后，他这样描述"自己"："这么跟你说吧，我觉得国王，不过是一个人，跟我一样：紫罗兰的味道，他闻、我闻一样香；头顶这片天，对他、对我都一样；……不过，按理说，没谁能使他露出哪怕一丝一毫的恐惧，不然，他一旦畏惧，军队就会丧失勇气。"可士兵们仍然心有疑惑，他们担心一旦开战，国王为保命，便会向法军缴纳赎金。对此，这位极不普通的"普通士兵"以普通一兵的身份激励他们："我想，死在哪儿，也不如与国王同生共死令人欣慰；——他的事业是正义的，他为荣耀而战。"

这是一个临危不惧、视死如归的国王！

士兵们走了，亨利五世独自一人。这时，莎士比亚再次不惜笔墨，以长篇独白让国王敞开心扉："责任都算国王头上！——让我们把生命、把灵魂、把债务、把揪心的妻子、把子女、把罪过，都加在国王身上！我必须承受一切……除了威仪，这样一个可怜虫，白天干苦力，夜里睡大觉，比一个国王占便宜。奴隶，分享国家之太平，且安享太平；但他愚钝的脑子并不知晓，在平民百姓最得好处之时，国王为维护和平，睡得多不安稳。"

这是一个勇于担责、洞悉世相的国王！

第四幕第三场，终于到了阿金库尔战场。双方军力对比"众寡太悬殊了"，法军对英军占据"五比一"的优势。身处劣势，连能征善战的威斯特摩兰将军都不由感叹："啊，只愿今天在英格兰无事可做的闲人，来此补充一万兵力！"谁曾想，亨利五世竟会反唇相讥："谁有如此愿望？是威斯特摩兰老弟？——不，我可敬的老弟，倘若我们注定死去，这损失足以让英格兰痛惋；假如我们命不该绝，人越少，分享的荣誉越大。听凭上帝的旨意！恳请你，不要希望再增一兵一卒。周甫在上，我非贪财之人，不在乎有谁吃我喝我；谁穿了我的衣服，我也不心疼，这些身外物全不在我心上。但假如贪求荣誉也算一宗罪过，我便是世上最有罪的那一个。不，说实话，老弟，别希望英格兰再添一兵一卒：愿上帝保佑！为我最美好的心愿，我不愿因多加一人，使这样伟大的荣誉受损，不愿再有人分享这荣誉。啊，不要希望再多添一人！……说到这儿，国王转向众人："今天这个日子被称作圣克里斯品节：凡活过今天、安然回乡之人，每当忆起这一天，都会心绪高昂，都会因克里斯品的名义而振奋；凡活过今天、安详终老之人，每年都会在节前头一天傍晚，宴请街坊邻里，并说'明天就是圣克里斯品节！'然后，卷起袖子，露出伤疤，说'这些全是我在圣克里斯品节受的伤。'……"

置之死地而后生，兵力越少，荣耀越大，这是身先士卒、神勇豪迈的国王！

在剧中，此前发生的一切都是为了阿金库尔，阿金库尔战后发生的一切又都源于阿金库尔。胜者为王，阿金库尔成就王者。

终于，莎士比亚为国王设计的一连串自我"颂圣"接近顶点——阿金库尔之战一触即发。法军大元帅派蒙乔前往英军营帐，再次觐见亨利五世，像英格兰国王威胁哈弗勒尔总督那样，发出最后通牒："哈里国王，我再次前来，想获知，你在必遭灭顶之前，现在是否愿以赎金求和：因为你的确身临漩涡，势必被吞没。"

亨利五世则回答："请你把我原来的答复带回去：叫他们先赢了我，然后卖我的骸骨。仁慈的上帝！他们为何如此嘲弄可怜人？狮子还活着，有人先卖狮子皮，结果猎狮丢命。毫无疑问，我们大多数人将葬于故土，我相信，坟茔之上还将以黄铜纪念碑永远见证这一天的功绩……"

这是豪气冲天、宁死不降的勇士！

舞台不是战场，表现战争之惨烈简单至极，在舞台上，几个演员走个过场，双方鏖战立见分晓；阅读中，舞台提示："战斗警号。舞台过场两军交战。"已宣告两军正在厮杀；戏文里，法军奥尔良公爵一句"今日一战，满盘皆输"，王太子一句"谩骂和永久的耻辱坐在戴羽毛的头盔上嘲笑我们"，便昭示法军惨败。难怪奥尔良公爵反问："这就是那位我们派人去要赎金的国王吗？"

对，正是这位国王，在第四幕第八场，手拿法军阵亡名单喜不自胜。

这是炫耀荣耀、名垂青史的国王！

从剧情发展来说，阿金库尔一战不仅注定了英法两国胜者王侯败者寇的主从地位，还给国王自我"颂圣"的方式和文风带来改变。这当然是莎士比亚有意为之。第五幕第二场，亨利五世的自我"颂圣",在向凯瑟琳的求爱里自然透出征服者难以掩饰的霸气："以圣母玛利亚起誓,凯特,如果您叫我为您写情诗或跳个舞,那就把我毁了,要说写情诗,既没话可说,又无韵可押;跳舞嘛,别看我一身力气,但跳起来步子缓慢。如果玩儿跳背游戏,或身穿战甲跃上马鞍,就能赢得一位小姐,我能很快赢回个老婆,我若吹牛就罚我……"

这是一个击溃法国军队的英国军人,一个征服法兰西的英格兰国王!

但这是求爱,还是胁迫,抑或掠夺?莎士比亚不告知答案。至少,把亨利五世视为"英国人爱国主义的同义词"的英国人,有理由继续沉浸在征服者的浪漫豪情里。因为,亨利五世的自我"颂圣"尚未结束,他对被自己打败的法国王的女儿说:"我心底足以救赎的信仰告诉我,您必将属于我,——我凭一场混战得到您,所以,您必将证明自己是孕育军人的好母亲。难道您和我,就不能在圣丹尼斯和圣乔治的护佑下,共同创造一个男孩儿,一半法兰西血统,一半英格兰血统,有朝一日跑到君士坦丁堡,去揪土耳其人的胡子? 难道不成吗? 说话呀,我美丽的百合花! "

这是一个血脉里充盈着野性浪漫,誓言再孕育下一代征服者的国王!

最后,全剧即将落幕,国王的自我"颂圣"升至顶点。亨利五世以名誉起誓,用纯正的英语,向被征服的法兰西王国的公主说:"凯特,我爱您!……这个人,当他面我也要说,即便他不是国王中最好的一个,您会发现他是好人里顶好的国王。"

这是在自我"颂圣"的国王眼里一个"好人里顶好的国王"!

　　这到底是怎样一个国王呢？或许爱尔兰诗人威廉·巴特勒·叶芝在其《善恶观》（*Ideas of Good and Evil*, 1903）一书中给出了答案,叶芝说:"塑造一个又一个人物,且让他们彼此关联,堪称莎剧艺术的一个特色;每一部莎剧中都有许多互为补充的人物。他笔下的亨利五世与理查二世性格截然相反。亨利五世性情粗野,蛮横果决,把朋友一脚踢开毫不留情,像某些自然力一样残酷、令人捉摸不透。剧中最引人之处,是他的老友伤心地离他而去,最后被他送上绞架。人们极易看清他的目的。他似乎成功了,实际上却失败了。他在国外的征战成果被他的妻儿化为乌有。他和凯瑟琳所生'一半法兰西血统,一半英格兰血统'的孩子,没'跑到君士坦丁堡,去揪土耳其人的胡子',却成为圣徒,最后不仅断送了手里的江山,还丢了命。事实上,莎士比亚并没把他处理成一颗空想的伟大灵魂,而是把他写成一匹英姿勃勃的骏马。莎士比亚的亨利的故事,像他笔下的其他故事一样,带有悲剧性的反讽意味。"

　　显然,替亨利五世唱赞歌的人会对此持有异议,因为在他们眼里,《亨利五世》堪称内容与形式的完美结合,其主题之精髓寓于文体、结构之中。不仅理想的国王自身保持一种理想的秩序,还为他的王国设计出有序、和谐的生活,恰如埃克塞特公爵在第一幕第二场所说,"因为政府,虽有上、下、次下三个阶层,各有分工,却能聚成一个整体,像音乐一样,节奏和谐,韵律天成。"他们甚至认为,战争在剧中只是作为装饰品,仅用来衬托英雄业绩,剧中既无战争喧嚣,也无实际征战,甚至毫无战争紧张感,因为人们知道上帝与国王同在,英国人一定能赢。谋杀国王的阴谋露了馅儿,亨利掌控一切。莎士比亚设计的所有剧中人,包括国王本人,只为"颂圣",即便英军中的那几个小人物,苏格兰人杰米、爱尔兰人麦克莫里斯及威尔士人弗艾伦,其作用都只在表明,一个理想基督教国王治下的国家秩序之和谐,与上帝治下的宇宙之和谐异曲同工。

或许,此处,坎特伯雷大主教在第一幕第二场回应以上埃克塞特的那段诗意描绘,是这些歌者求之不得的完美答案:"上天赋予人类不同的功能,并使之不断奋进;目标或箭靶一旦确立,便要听命行事。因为蜜蜂就这样工作,这自然界守规则的生物,把有序的行为教给人类王国。他们有一位国王(亚里士多德认为蜂王是雄性)和各类官员:有些,像治安官,维持着地方秩序;有些,像商人,到海外冒险经商;还有些,像军人,拿蜂刺做武器,劫掠夏日柔软的蓓蕾,他们欢欣鼓舞一路行进,把战利品带回国王的营帐;国王呢,忙着履行他的职责,在察看哼着歌的石匠建金屋顶……"

总之,撇开阅读,单从舞台演出的角度来说,饰演亨利五世的演员,得是一架多么强力的记忆机器!要把那么多的自我"颂圣"背得滚瓜烂熟,并神气活现地表演出来。

《亨利五世》对莎士比亚是一次挑战,他以"戏说"的方式完成了"史诗";对饰演这个角色的演员是一个挑战,他需要以"史诗"的姿态演"戏";对今天的观众,尤其读者,恐怕是更大的挑战,他们(不算英国人)对亨利五世会有爱国主义的认同吗?不得而知!

四、史诗中的戏：搞笑、历史的尴尬及国王的名誉污点

1. 搞笑：逗趣的戏剧冲突

在剧中，亨利五世的英雄史诗由他的长篇独白构成，那每一大段独白都堪称极富感染力的演说。例如，第三幕第一场，英军士兵将攻城云梯架上哈弗勒尔城墙，亨利五世把总攻击令变成一篇鼓舞士气的战时演说。整场戏只由一篇演说构成。对此，乔纳森·贝特分析说："哈里鼓舞士气的演说显示出一种敏锐的政治智慧在起作用。比如，'再冲一次那个突破口，亲爱的朋友们，再冲一次。'被精心调整为三部分。开头的'亲爱的朋友们'，是国王的至亲密友，他们率先垂范。随后，注意力转向贵族和绅士——'最高贵的英国人！'他们的作用是'给那些出身低微之人做个榜样，教他们如何打仗！'然后是'自耕农'（'自由民'），最后是'低贱之辈'。只要他们冲进哈弗勒尔城墙的突破口，'没一双眼睛不闪烁高贵。'这番演说颁布了贯穿全军的指挥命令，树立起军官阶层冲锋陷阵的教科书形象。甚至巴道夫也一时受到鼓舞。不过，尼姆、皮斯托和福斯塔夫的侍童无动于衷。他们待在掩体里，被忠诚的弗艾伦上尉一顿打着赶向突破口。在此，对国王言辞的力量要打个问号。"

然而，贝特认为，剧中对亨利五世这种智慧表现得"最透辟之处在于决战前夜乔装打扮的哈里·'勒鲁瓦'（原为法文，'国王'之意）与迈克尔·威廉姆斯之间的争论：

但假如这理由不光彩，那国王自己的欠债就厉害了，

这次战役中所有被砍掉的胳膊腿儿和脑袋,将在末日审判那一天,合起伙儿来,高喊"我们死在这么一个地方";——有的赌咒,有的哭着喊军医,有的抛下了可怜的老婆,有的欠了一屁股债,有的甩下了年幼的子女。战场上恐怕没几个死得有人样儿,当流血成为主题,还能指望以基督徒的仁慈精神打理一切吗?

迈克尔决战前夜这番话刺中了哈里的良知,导致他以独白的方式慨叹领导之责任,并祈祷上帝别在此时因父亲篡位之错惩罚他。打完仗,国王先以他典型的两面手段顺利地将威廉姆斯陷入尴尬,然后再犒赏他。但他始终没找到这个问题的完整答案:每个臣民的责任皆归于国王,但每个臣民的灵魂属于自己,可事实仍然是,一个人要草拟自己的灵魂账单,与上帝言归于好,从这个意义上说,血腥的战场并非'得好死'之地。

接着,贝特意味深长地比较了《亨利四世》和《亨利五世》两剧开场之不同:"《亨利四世》(上篇)以苏格兰(道格拉斯)和威尔士(欧文·格兰道尔)反叛开场,《亨利五世》则以整个英伦三岛联合征战法国启幕。亨利国王的联军由英格兰(高尔)、威尔士(弗艾伦)、苏格兰(杰米)和爱尔兰(麦克莫里斯)四方组成。但我们不能肯定地说,该剧赞美了四国合兵对法作战,因为在亨利王率军征战法国期间,军队内并非不紧张。尤其,爱尔兰人麦克莫里斯是个怪人,与待人和善的弗艾伦都不能和睦相处:

弗艾伦　　　　　麦克莫里斯上尉，我觉得，您注意，若蒙您允准，这儿没多少您贵国的人，——

麦克莫里斯　　　我贵国？我贵国又当如何？恶棍、杂种、流氓、无赖。我贵国招惹谁了？谁议论我贵国？

"第五幕开场诗，赞美了埃塞克斯伯爵，因为，当 1599 年观众在伦敦看这出戏时，伯爵正用'剑尖儿'挑着爱尔兰人的脑袋。可在第三幕戏文里，莎士比亚为爱尔兰吐露了心声。倒不如说，他在质疑，——因为威尔士人弗艾伦出于对蒙茅斯的哈里（以前的威尔士亲王、眼下的英格兰国王）之忠诚，为英格兰代言。——质疑英格兰是否有权利为爱尔兰代言。什么样的英格兰人，或英化的威尔士人，胆敢谈论麦克莫里斯的国家？当英国人把爱尔兰人同恶棍、杂种、流氓和无赖划等号时，爱尔兰能是何种民族？这就是伊丽莎白时代英格兰民族诗人埃德蒙·斯宾塞（Edmund Spenser）的论调成为主流的原因所在，斯宾塞在其 16 世纪90 年代中叶的对话录《论爱尔兰目前之状况》里，就以这样的论调分析爱尔兰人。但就连斯宾塞本人，也有不同的声音。《论爱尔兰目前之状况》以对话形式写成，此书对住在爱尔兰的'老英格兰'移民的批评，远比对爱尔兰人本身的批评更尖锐，与此同时，斯宾塞在其《仙后》中写了一个类似爱尔兰的野蛮国度，其中的最高贵之人居然是个野蛮人。"

莎士比亚有意通过英军中的爱尔兰上尉麦克莫里斯之口，对斯宾塞的"主流论调"做出回应吗？不得而知。

或许，这仅仅是莎士比亚的戏剧技巧，或曰手段，作为一名天才编剧,他对如何掌握剧情发展节奏,在赞美国王的史诗中不断插入喜剧甚至闹剧的搞笑轻车熟路。他深知,只有这样,才能把观众牢牢吸在剧场里。伊丽莎白时代去剧场看戏的观众,对阅读戏文几无兴趣。

下面,花些篇幅把《亨利五世》剧中史诗、搞笑如何轮番上演做个较为详细的梳理:

第一幕两场都算正戏,由坎特伯雷大主教向亨利五世详述《萨利克法典》,拉开英格兰对法开战的大幕。

第二幕第一场,便是尼姆、皮斯托、桂克丽和福斯塔夫的侍童联袂主演的搞笑剧。第二场转入正戏,亨利五世在南安普顿议事厅宣布处决叛臣。第三场,皮斯托、尼姆、桂克丽、巴道夫和侍童在东市街一酒店前,再次上演闹剧。第四场,法国王宫的戏亦庄亦谐。

第三幕第一场,亨利五世攻打哈弗勒尔,这场正戏很短,只是亨利五世的独角戏,高喊:"上帝保佑哈里、英格兰与圣乔治!"激励英军攻城。第二场,闹戏很长,分几个轮次搞笑:第一轮,由尼姆、巴道夫、皮斯托和侍童;第二轮,由高尔与弗艾伦;第三轮,由四名联军上尉,英格兰的高尔、威尔士的弗艾伦、苏格兰的杰米和爱尔兰的麦克莫里斯(杰米和麦克莫里斯英语说得磕磕绊绊,本身就是搞笑)。第三场,依然很短,哈弗勒尔城下,在亨利五世慷慨陈词,发了一大通"伸出血腥的手肆意屠戮"的威胁之后,守城的法军总督宣布投降。第四场,鲁昂的法国王宫,凯瑟琳公主让英文不灵光的侍女爱丽丝教她说英语,属于温馨谐趣的搞笑。第五场,鲁昂,法国国王、王太子、大元帅、波旁公爵等齐聚王宫,国王下令备战迎敌,誓言把亨利五世"抓他俘虏,关进囚车,押送鲁昂"。这是莎士比亚为法方设计的"正戏"，但他表明的正戏只在让现场观众领受大元帅说"这才符合君王的伟大。遗憾的是，他人数很少，行军中，士兵们又病又饿，我敢说，等他一见我们的军队，勇气就会吓得掉在粪坑里，只求拿赎金换取荣誉"时的喜剧效果，拿大元帅当笑料而已。第六场，英军营地，分两个半场，上半场依然是闹戏：皮斯托找弗艾伦出面向埃克塞特公爵求情，因巴道夫抢劫教堂被判绞刑，遭弗艾伦拒绝；下半场，才又轮到亨利五世的正戏，面对前来劝交赎金的法国使臣蒙乔，英格兰国王铁骨铮铮地表示："我军必以你们的鲜血染红你们黄褐色的土地。"第七场，阿金库尔附近法军营地，一整场是由大元帅、王太子、奥尔良公爵、朗布尔勋爵联手合演的闹戏，除了国王，剧中人物表里的法方贵族全部亮相。

第四幕第一场，阿金库尔附近英军营地，属逗趣的正戏，亨利国王乔装巡营，先与皮斯托闲聊，后与三个普通士兵约翰·贝茨、亚历山大·考特、迈克尔·威廉姆斯恳谈，为鼓舞士气，激励士兵为国王而战，还与威廉姆斯互换手套，誓约打赌。第二场，法军营帐，王太子、大元帅等急等天亮，盼与英军立即决战，但这一场莎士比亚让他俩的对白都透出对英军不屑，以此凸显骄兵必败的屈辱。第三场英军营地，十足史诗式赞美亨利五世的正戏，威斯特摩兰等几位将军深感敌众我寡，但亨利国王两大段掷地有声的独白，瞬间把伟大的国王战士的英雄形象树立起来。第四场，又是纯搞笑的一场戏，皮斯托俘虏一名法军士兵，趁机勒索钱财，侍童发誓"要是这个胆敢偷什么东西，也得吊死"。第五场是全剧最短的一场戏，法军"全线崩溃"，四散奔逃。第六场也很短，由埃克塞特公爵向亨利五世通禀，约克公爵和萨福克伯爵英勇杀敌，喋血疆场，死得无比壮烈。第七场，分上中下三个半场，上半场由弗艾伦和高尔打趣，弗艾伦把亨利五世与亚历山大大帝相提并论，中半场稍短，由蒙乔前来求情，"伟大的国王，请准许我们，平安地查看战场，处理阵亡者的尸体！"下半场稍长，国王打算亲自导演一出"闹剧"，让弗艾伦替国王把威廉姆斯的手套戴在帽子上，以便引威廉姆斯前来挑战。第八场，国王营帐前，分上下半场，上半场是国王导演的"手套闹剧"：威廉姆斯见自己的手套戴在弗艾伦帽子上，果然"应约"（威廉姆斯与国王互换手套打赌时，一因天黑，二因国王身披欧平汉爵士的斗篷，威廉姆斯不知在跟国王打赌，这本身就是喜剧）挑战，两人动手打起来，国王讲明实情之后，不仅丝毫未怪威廉姆斯"侮辱了本王"，还命人把手套装满金币犒赏威廉姆斯。

第五幕同第一幕一样，只有两场，第一场，英军营地，弗艾伦、高尔、皮斯托三个人，你一言我一语地逗趣搞笑。皮斯托出口伤人，拿威尔士人的纪念物韭菜侮辱弗艾伦，弗艾伦大怒，一边用棍子打皮斯托，一边逼他吃下一把韭菜。纯粹一场闹戏。第二场，巴黎法国王宫，这场戏很长，当属全剧高潮之一。亨利国王此番二度赴法，只为迫使法国签署和平条约。双方谈判期间，亨利王爱上法国公主凯瑟琳。此当属正戏，但亨利王只是粗通法语，而凯瑟琳几乎不会说英语。因两种语言引起的搞笑戏份，占到整场戏的三分之二。最后，求爱成功，法王查理六世同意签约。至此，亨利五世大获全胜！

不难看出，整部《亨利五世》，史诗的正戏不算多，搞笑的闹戏真不少。莎士比亚如此费心,确如梁实秋在其《亨利五世》译序中所说:"这出戏有史诗的意味。莎士比亚自己亦可能意识到他要处理的乃是一连串的会议,行军,围城,谈判,议和,中心人物只有一个亨利五世,故事没有曲折穿插,但又需要伟大的场面,所以每幕之前加了'剧情说明人',其任务除了报告两幕之间发生的事,还用口述的方法描绘了舞台上不易表演的动作。这戏以战争为主题,但是舞台上并无打斗出现,就连两个人挥剑对打的场面也没有。我们不能不说这是一种戏剧化的处理。"

莎士比亚剧中穿插的搞笑戏到底有多闹腾？这里举三个例子,透过注释一看便知。

第一个例子,第二幕第一场,伦敦东市街,巴道夫要撮合尼姆和皮斯托讲和,因老板娘曾是尼姆的相好,后来却嫁给了皮斯托。尼姆恨情敌抢走所爱,不再搭理他。巴道夫和尼姆正说着话,皮斯托、桂克丽夫妇来了:

　　巴道夫　　旗官皮斯托和他老婆来了。好下士,先在这儿忍一下。——怎么样,皮斯托老板?

　　皮斯托　　贱杂种,你喊我老板?现在,我以这只手起誓,我瞧不起这称呼;我的内尔也不招房客了。

　　桂克丽　　以我的信仰起誓,不再招了;因为我们没法子,把一打或十四个靠针线活儿本分过日子的良家妇女留下过夜,不叫人马上认为我们开了一家妓院。(尼姆和皮斯托拔剑。)啊,天哪,圣母作证,他若这会儿还不拔家伙!我们就会看到有人蓄意通奸、谋杀。

······

剧情至此，莎士比亚还嫌给舞台添乱不够，又安排福斯塔夫的侍童上场，告知福斯塔夫"病得很厉害"。在《亨利四世》中与福斯塔夫有过旧情的桂克丽赶紧去看，一会儿又回来，跟吵闹的男人们说："你们若是女人生的，快去看一眼约翰爵士。啊，可怜的人！他得了'日发热''间日热'的疟疾，烧得浑身发抖，瞧着太可怜了。好人们哪，去看看他吧。"

在乔纳森·贝特眼里，"正是从这些散文写的场景透出的情感最吸引人：老板娘桂克丽对福斯塔夫之死滑稽而动人的讲述；女人们与奔赴战场的丈夫们话别的温情瞬间；对弗艾伦的形象刻画（以饱蘸深情之笔描绘他的忠诚和军人素养，但同时也对他在战争历史和理论上的迂腐做了调侃）；还有，决战前夜，普通士兵与乔装的国王辩论，表现出畏惧、常识和血气方刚相融合，真实可信。"

第二个例子，第二幕第三场，东市街一酒店前，皮斯托、桂克丽、尼姆、巴道夫和福斯塔夫的侍童悉数登场，联手演了一整场闹戏。

显然，这伙曾跟福斯塔夫一起鬼混过的酒肉朋友，打算随国王远征法国，像当年福斯塔夫参加什鲁斯伯里之战一样骗取军功。理由嘛，皮斯托毫不避讳，说出心里话："因为福斯塔夫一死，我们还得赚钱呐。"可是，除了没有写明皮斯托结局如何，莎士比亚让其他几个人都"没得好死"。由此联想一下第四幕第一场，士兵威廉姆斯同乔装巡营的亨利国王辩论，提及若国王对法开战的"理由不光彩，那国王自己的欠债就厉害了，这次战役中所有被砍掉的胳膊腿儿和脑袋，将在末日审判那一天，合起伙儿来，高喊'我们死在这么一个地方'；……假如这些人都没得好死，那把他们带入死路的国王就干了一件邪恶之事。"

或许，莎士比亚如此设计台词，意在让喜欢福斯塔夫及其狐朋狗友的观众得到些许心理安慰。言外之意，即便国王不对他们的灵魂负责，却要对他们的死负责，毕竟最后，是国王一声令下——"违反军令者，格杀勿论。"——要了巴道夫的命。

对此，乔纳森·贝特分析道："福斯塔夫已死，但他的精神在他那些跟随征战法国的朋友们身上复活。由《亨利四世》（上下篇）和《亨利五世》构成的三部曲，有一条潜在的评注贯穿始终，削弱了哈尔王子成长为国王勇士兼爱国者的作用：一种令人困惑却富于活力的散体声音，与表现法律、秩序和军功的优美诗体形成对照。曾服侍过福斯塔夫的侍童，为这个声音做出最简明的归纳。当国王高喊战斗是赢得不朽声明的机会时，作为回应，侍童说：'真愿我在伦敦的一家啤酒馆儿！我愿拿一切声名换一壶麦芽酒和平安。'这不仅是一个脱离了亚瑟王怀抱的小号儿福斯塔夫的心境，它是每一个时代的士兵发出的声音。阿金库尔一战，阵亡的英国人不到三十个，国王为这一奇迹感谢上帝。他的死者名单，没把福斯塔夫的代理人包括在内，而正是这几个代理人之死，最令观众伤感：巴道夫和尼姆，被吊死；侍童，看守行李时被杀；桂克丽或道尔因'法国病'（即性病）死于医院。他们不是为哈里，是为福斯塔夫的英格兰而死；他们不是为威斯敏斯特的王宫或议会，是为东市街的一家酒馆而战。"

从乔纳森·贝特以上所说"这不仅是一个脱离了亚瑟王怀抱的小号儿福斯塔夫的心境"自然获知,贝特把剧中原文"亚瑟的怀抱"(Arthur's bosom)理解为'亚瑟王的怀抱',而不是桂克丽对"亚伯拉罕的怀抱"(Abraham's bosom)的误用。换言之,贝特认同在桂克丽脑子里,福斯塔夫骑士死后,投在了亚瑟王的怀抱,成为他圆桌骑士中的一员。

第三个例子,第五幕第一场,在法兰西英军营地,弗艾伦逼皮斯托吞吃韭菜那场戏,完全是一场打闹。圣大卫节已过,威尔士人弗艾伦依然把韭菜戴在帽子上,他对高尔说,一定要让皮斯托这个"卑鄙、低劣、下贱、好色、吹牛皮的无赖""把我的韭菜吃喽"。顺便解释一下,圣大卫(Saint Davy)是威尔士的守护圣人,韭菜是威尔士的国家象征,每年三月一日圣大卫节,威尔士人头戴韭菜,纪念圣大卫。皮斯托对这一威尔士的民俗取笑嘲弄,惹怒了弗艾伦。

美国学者巴雷特·文德尔(Barrett Wendell, 1855—1921)在其《威廉·莎士比亚,伊丽莎白时代文学研究》一书中,说过一段值得玩味的话:"美国人推崇《亨利五世》乃因其自身的英国血统,使我们对它有一种诚实的虚伪情感。以常人情感而论,大多数人不得不承认,至少作为戏剧,《亨利五世》令人生厌。乏味之余,剧中还有精彩细节……每人都看得出亨利的台词之流畅。更值得注意的是,莎士比亚的文风在坎特伯雷大主教论述《萨利克法典》的那段文字中清晰凸显出来。这段文字以谈论问题的方式讲述了法律和许多历史细节,像伊丽莎白时代一位律师的辩词……《亨利五世》中有不少值得注意的喜剧场景,那里的喜剧角色都是在伊丽莎白时代被称作'幽默'的人,是我们今人所说的'古怪'的喜剧人。剧中还用了具有喜剧意味的方言(这种方法在《温莎的快乐夫人们》中用得最妙),杰米、麦克莫里斯、弗艾伦用的都是方言。他们虽都是传统喜剧角色,却让人感到真实。"

不过,比较起来,还是英国作家兼出版商查尔斯·奈特(Charles Knight,1791—1873)在其《莎士比亚研究》一书中说得更直白:"《亨利五世》给我们的印象是:倘若我们伟大的诗人没涉及这一题材,倘若此前舞台上未曾有过旧戏《亨利五世大获全胜》就好了;《亨利四世》作为一个戏剧整体,若没有《亨利五世》这个后续已经圆满。从莎士比亚这次并不成功的尝试不难发现,他对这一几无戏剧性的题材十分担心,他很可能是为迎合观众才把故事写下去的。另外,他显然设想要靠福斯塔夫来提升本剧的趣味,却不知为何,他又把原来的打算放弃了。旧戏提供的戏剧材料和诗人在史实中搜寻到的东西,乏善可陈,差强人意。因此,我们认为,他先构思好了《亨利五世》的样貌,即四开本的样子,匆忙赶出剧本,以满足观众需求,然后再把这一题材打磨成颇具抒情风格的剧作。于是,《亨利五世》成了他整体构思的一个例外,剧中没有命运和意志搏斗之描写,没有堕入罪孽与痛悔的人性之脆弱——没有罪恶,没有固执,没有忏悔;有的是崇高的、无法战胜的国家和个人的英雄主义精神。我们不该忘掉那些浴血疆场的英雄,他们最后的声音就是荣耀昂扬的颂歌。说到家,莎士比亚应把这一素材写成一篇抒情巨制,而非戏剧。"

简言之,从人物塑造来说,亨利五世是抒情史诗中的英雄,而非戏剧人物。那个《亨利四世》中的哈尔王子,跟这个《亨利五世》中的亨利国王一比,那么鲜活!

2. 法兰西:历史的尴尬瞬间

莎士比亚懂戏,更懂舞台,深知要让这部颂扬亨利五世的英雄史诗搬上舞台,且好看卖座,仅有"本土"的喜剧角色在戏里来回折腾显然不够,还必须叫"敌国"的大人物当陪衬,以法国兵败阿金库尔签订丧权辱国的《特鲁瓦条约》这一历史的尴尬瞬间,凸显亨利五世的辉煌业绩。

剧中人物表已预先将法兰西兵败阿金库尔、签订城下之盟的历史尴尬显露无遗:国王查理六世、法军大元帅、勃艮第公爵、哈弗勒尔总督、波旁公爵、奥尔良公爵、贝里公爵、朗布尔勋爵、格兰普雷勋爵等。莎士比亚在《亨利五世》第五幕第二场,也是最后一场戏里,如此设计剧情:亨利国王本人不出面,全权委托叔叔埃克塞特公爵、弟弟克拉伦斯公爵和格罗斯特公爵等人,一同与以查理六世为首的强大法方阵容谈判,他单独留下来,老鹰捉小鸡般地向凯瑟琳求爱。最后,查理六世不得不签署条约,并同意亨利五世与女儿凯瑟琳结婚。

毋庸讳言,亨利五世一生荣耀的这一巅峰时刻,是他向法兰西开战赢来的。

由此,可以返回到与终场戏形成前后呼应的第一幕第一场,也就是开场戏里。恰如乔纳森·贝特指出的:"该剧未以一场庆典仪式和盛大的宫廷场面开场。最先,剧情说明人在光秃秃的舞台上独自亮相。观众受邀只想一件事:他们即将观看的是表演,并非事实,而且,为便于舞台转换和剧团投入战场及军队,观众一定要有想象力。该剧意在像哈里国王影响其追随者那样影响我们:超凡的言辞力量在极度有限的资源里创造出胜利。每一幕之间,剧情说明人返回舞台,提醒我们,这一切都是一种戏剧技巧:我们只是假设自己被运到法兰西,那一小群演员及临时演员组成一支伟大的军队,或行军,或在肉搏战中一决生死。恰如麦克白(Macbeth)和普洛斯彼罗(Prospero)会提醒后来的莎剧观众,演员只是一个影子。沙漏颠倒两三次之后,狂欢结束,行动消失,恍如一梦。哈里的胜利也如此这般:剧终收场白是一首巧妙的十四行诗,将作者具有想象力的作品('把伟大人物限定在小小空间')与胜利的国王在位时间之短两相比较('生命虽短,但这英格兰之星活过 / 辉煌一生')。那哈里成功之秘钥在于语言之威力,而非事业之正义,可能吗?"

贝特的疑问值得反思,他接着分析:"一开场,教会的代表确认国王已'改过自新',由《亨利四世》里的'野蛮'转为虔诚。他把自身变成一个神学、政治事务和战争理论的大师。两位主教的对话,还引出 16 世纪因历史上的改革而为人熟知的另一主题:国家扣押教会资产。这促成一笔政治交易:大主教将为国王意图入侵法兰西提供法律依据,作为回报,国王将在教会与议会的财产辩论中支持教会。在随后一场戏里,大主教以冗长的演说,详述先例、宗谱及有关《萨利克法典》适用性的争论,装置起一整套法律依据,这是在为政治目的做伪装。国王的问题只有一句话:'我可以名正言顺、凭着良心要求这一继承权吗?'他得到了他想听的答案:是的。"

贝特头脑锐敏,笔锋犀利,他认为:"莎士比亚以惯耍阴谋的主教们开场,意在暗示,战争动因更多出于政治实用主义,而非高尚原则。哈里国王对苏格兰人可能伺机入侵不无担心,意识到自己王位不稳,因此有必要处决叛国者剑桥、斯克鲁普和格雷,这场戏表明他仁慈之心与严厉执法兼而有之,把他的外柔内刚展露出来。听了那么多英国自古对法国拥有王权和把网球之辱反弹回去之类的话,人们不禁怀疑,哈里对法开战的真正动机,是受到他父王临终教诲的驱使:'因此,我的哈里,你的策略是:叫不安分的人忙于对外作战;在外用兵打仗,可以消除他们对往日的记忆。'要团结一个分裂的国家莫过于对外用兵。"

贝特归纳道:"至此,对哈尔王子之所以在《亨利四世》中行为放荡,一清二楚了,那是一个精心设计的游戏,一场作秀之戏。当了国王,他继续玩游戏:第二幕中他对几个叛国者以及阿金库尔战役之后对帽子上戴手套的处理,都是事先设计好的戏剧手段,意在展示他具有近乎神奇的魔力,能看穿臣民的灵魂。一个饰演哈里国王的演员,其表演风格很大程度上取决于他把角色的表演才能演到什么程度。在这点上,向凯瑟琳求爱是一个关键:他的表演在多大程度上是魅力、睿智、稚气的尴尬和喜欢权力的合成?('可您爱我,就是爱法兰西的朋友,因为我如此钟情法兰西,随便一个村庄,都无法割舍。')要么,哈里真的折服于凯特?"

由贝特所说仔细分析,不知这是否莎士比亚苦心孤诣的匠心所在:表面看,他塑造了一个英雄的国王战士,有剧中那么大篇幅的史诗颂歌为证,一点不假;但同时,更深层面上,他刻画的是一个手段高超、将所有人玩于股掌的国王政治家。一方面,他

利用坎特伯雷大主教，以暂时保住教会资产作为交换，得到教会
的巨额捐款，使对法开战有了钱财保障；另一方面，他确认自己
拥有法国王位的继承权，只为可以名正言顺地远征法兰西，践行
父王亨利四世的遗嘱，"对外用兵"，将"一个分裂的"英格兰团结
起来。

这是亨利五世的光荣与梦想，抑或英国历史上的尴尬瞬间？
历史本身不提供答案。

现在，再看"法方"在剧中对英雄国王的巨大反衬作用。这个
不复杂，全部透过以揶揄之笔嘲弄法国王太子和大元帅来表现。
这里举三个典型例子：

第一个例子，第二幕第四场，法国王宫，国王查理六世下令：
"立即行动，火速发兵，用精兵良将和防御物资，加强、新修我方
战备城镇的防御设施；因为英格兰进攻凶猛，犹如激流吸进一个
漩涡。这倒适合我们，我们要深谋远虑，因为恐惧带给我们教训：
我们曾被致命低估了的英国人，在我们的战场，留下战败的先
例。"王太子不以为然，他自恃法国军力占优，根本没把年轻的英
格兰国王放眼里。

第二个例子，第三幕第七场，阿金库尔法军军营，大战在即，
王太子、大元帅与奥尔良公爵优哉游哉，以性双关语插科打诨乐
此不疲。自夸癖十足的王太子，夸起自己的战马喜不自胜。

第三个例子，第四幕第二场，阿金库尔附近法军营地，大元
帅满心以为，只要吹响进军号，"让军号催促将士上马，"法军的
强大阵势便足以把英格兰国王"下瘫在地、俯首称臣"。

第四幕第五场，阿金库尔战场，两军交手，转瞬间，法军溃

败。王太子仰天长啸："永久的耻辱！——我们干脆刺死自己！"奥尔良公爵惊呼："这就是那位我们派人去要赎金的国王吗？"大元帅哀叹："混乱，毁了我们，现在成全我们吧！让我们都把命献给战场。"战役结束，法军大元帅命丧黄泉，奥尔良公爵、波旁公爵等一大批法国贵族成了俘虏，两军阵亡对比，"有一万名法国人被杀死在战场"，而英军阵亡者"不过二十五人"。

显而易见，莎士比亚置历史上真实的阿金库尔一战两军伤亡对比于不顾，在戏里写出如此悬殊的阵亡差距，只为成就亨利五世一世英名："谁见过，不用计谋，两军交锋，战场上硬碰硬，一方伤亡如此惨重，一方损失微乎其微？"当然，信神的国王不忘把这胜利的荣耀归于上帝："接受它，上帝，因为它只属于您。"

有趣的是，细心的读者不难发现，莎士比亚自始至终从未像嘲弄王太子似的取笑过查理六世，此应恰如著名古典学者蒂利亚德（E. M. W. Tillyard, 1889—1965）在其《莎士比亚的历史剧》一书中猜想的："因为他是凯瑟琳的父亲，而凯瑟琳在亨利五世死后嫁给欧文·都铎（Owen Tudor, 1400—1461），成为亨利七世（Henry Ⅶ, 1457—1509）的先辈。法国国王讲话总十分庄重。"亨利七世是开启英国都铎王朝（House of Tudor, 1485—1603）的第一任国王，是其继任国王亨利八世（Henry Ⅷ, 1491—1547）的父亲，是统治莎士比亚所生活时代的女王伊丽莎白一世的祖父。

回首英法百年战争，英王爱德华三世对法国瓦卢瓦王朝首任国王腓力六世（Philippe Ⅵ, 1293—1350）的"克雷西之战"（1346）、"黑王子"爱德华对瓦卢瓦王朝第二任国王约翰二世（John Ⅱ, 1319—1364）的"普瓦捷之战"（1356）和亨利五世对法王查理六世的"阿金库尔之战",三次大战均以寡敌众、以弱胜强,阿金库尔是英格兰盛极到顶的胜利。在莎剧《亨利五世》第二幕第四场,莎士比亚特意透过查理六世的"庄重"之口,赞美亨利五世的祖先如何威震法兰西:"当年克雷西之战惨败,我方所有王公贵族,都成了那个恶名叫威尔士的黑王子爱德华的俘虏,这是永记不忘的奇耻大辱;那时,他那位体壮如山的父亲,站在一座小山上,高居半空,金色阳光照在头顶,——看他英雄的儿子,微笑着,看他残害生灵,损毁上帝和法兰西父老历时二十年打造的典范。"

1422 年,亨利五世去世。历史的脚印落在阿金库尔战后 20 年的 1435 年,法兰西、英格兰再次决裂,勃艮第公爵开始拒绝与英格兰联盟,拥立查理七世(Charles Ⅶ,1403—1461)为法兰西国王,他只有一个条件:国王必须惩处 1419 年杀死他父亲(即莎剧《亨利五世》中撮合英法谈判的那位勃艮第公爵)的凶手。

国王更迭,使英法两国的国力、时运发生改变,英格兰到亨利六世(Henry Ⅵ,1421—1471)统治时代的 1449 年,丢掉了在法国的最后一块领地——诺曼底。爱读古典经文、喜欢编年史的亨利六世,对治国理政、行军打仗毫无兴趣,他不仅把他英雄父亲亨利五世以武力赢得的丰硕战果丧失殆尽,还使整个王国陷入兰开斯特(House of Lancaster)和约克两大王室家族(House of York)之间血腥的内战——"玫瑰战争"(Wars of the Roses,1455—1485)!

英格兰亨利六世与法兰西查理七世的对决,成为亨利五世与查理六世对决的大反转。法国的戏剧家大可以写一部历史剧

《查理七世》来回敬英国人，因为，查理七世是人类战争史上持续时间最长的百年战争的终结者。

这是历史的诡异吗？历史本身不提供答案。

然而，无论历史还是戏剧，都能在人们需要的时候为现实服务。乔纳森·贝特说："有许多现代将领在部队冲入敌阵之际，援引圣克里斯品节演说（即亨利五世阿金库尔之战的战前动员）。劳伦斯·奥利弗（Laurence Olivier）将他1944年投拍的电影《亨利五世》献给正把欧洲从纳粹手里解放出来的英、美和其他盟军部队，这是由莎剧改编的军事影片中最著名的一部（据说因丘吉尔坚持，奥利弗将三个叛国者那场戏剪掉，——在如此生死攸关的历史时刻，精诚团结乃盟国间当务之急）。哪怕死硬的愤世嫉俗者，当国王向他那群兄弟发表演说时，也发现自己变得爱国了，尤其在电影中，全景镜头和令人振奋的音乐，使这番言辞的效果得到进一步加强。"

或许至少对于英国人，莎剧《亨利五世》永远不过时。

3. 杀战俘：国王的名誉污点

在乔纳森·贝特眼里，亨利国王的征服力主要源于坎特伯雷大主教称之的"美妙的清辞丽句"，"精于辞令是他最伟大的天赋：他善辩，会哄骗，好下令，能鼓舞人心。莎士比亚给他的台词比剧中任何其他角色都多两倍以上。"从诗剧的写作技巧上，莎士比亚让"哈里能在精湛的韵诗和散体的对话之间随意切换，这一点只有哈姆雷特堪与相比"。

由此或不难推断，让亨利国王下令杀战俘，不应是莎士比亚故意为亨利五世最荣耀之军功抹上的名誉污点：阿金库尔，大获全胜的英军在打扫战场,此时,响起"战斗警号",亨利国王以为"新吹响的战斗警号"表示"四散的法军有了援兵",故而传令,"每个士兵把手里战俘统统杀掉!"这是第四幕第六场最后一句台词。

切记,切记,第四幕第七场,开场头一句是在"战场另一部分"的弗艾伦的台词:"把看守行李的侍童全杀了!这完全违反交战法则。"明摆着,亨利国王下令杀战俘时,法军尚未偷袭英军营帐,并杀掉看守行李的所有侍童,其中包括福斯塔夫的侍童。而且,从高尔与弗艾伦的对白可知,国王的具体命令是叫"每个士兵把俘虏的喉咙割喽"。换言之,亨利王传令杀战俘,绝非似乎占理的残忍报复。若放在今天,国王这一血腥之举乃公然违反保护"战争受难者、战俘和战时平民"的《日内瓦公约》之战争暴行。显然,这份于1950年10月21日生效的国际公约,对莎剧中的亨利五世不具约束力,更束缚不住1415年扬威阿金库尔的这位国王战士。

有理由为亨利五世稍感庆幸的是,莎剧《亨利五世》的剧情并未延展到阿金库尔大捷两年之后的1417年,历史上的亨利国王再次远征法国。如前所述,英军在这次征战中,很快攻克下诺曼底,随即围困鲁昂。英军兵临城下,成群的妇孺被从鲁昂城强迫驱离,他们饥饿无助,只要亨利国王下令英军放行,便能保住他们的性命。但亨利五世不准放行!最后,环城壕沟成了这些饿死的可怜妇孺的坟场。

莎剧不具有现代性吗?

事实上,正是从现代视角,乔纳森·贝特认为:"弗艾伦相信打仗要按常规战法,相当于一个思想自由而严守《日内瓦公约》打仗的的现代军官。但正是他这种思维模式,把国王道德盔甲上的裂隙暴露出来。把蒙茅斯的哈里国王比作马其顿的亚历山大大帝,不仅因为两人都是伟大的战士(他们都生在字母带'M'的地方,两地都有一条贯穿境内的河流,'两条河里都有鲑鱼。')还因为'好比亚历山大在贪杯之下杀了他的朋友克雷塔斯,蒙茅斯的哈里也这样,在脑瓜灵活和明辨是非之下,赶走了那个腆着大肚子穿紧身夹克的胖爵士。他一肚子笑话、风凉话、鬼点子、恶作剧。'这里提醒观众,哈里之伟大是以他杀了福斯塔夫的心为代价。"

这样的国王值得赞美、传颂吗?

显然,现代英国人再也绕不开这个致命问题。恰如乔纳森·贝特所说:"不仅奥利弗的战时电影,还有肯尼斯·布莱纳(Kenneth Branagh)摄于 1989 年、更犀利描绘阿金库尔之战的电影,也引人注目地把杀法军战俘一事删去了。对于弗艾伦,法军杀死那些孩子和行李看守人,'完全违反交战法则'。高尔回答,既然法国人坏了规矩,英国人只能照着来,'所以,国王下令每个士兵把俘虏的喉咙割喽,理所当然。啊,好一个英勇的国王!'然而,戏文写得一清二楚,哈里国王下令杀死那些战俘,是在闻听随军平民遭攻击之前。即刻杀死战俘的理由是,每一个幸存的士兵都需应对法国援军的到来。这是个实用的决策,既谈不上英勇,也与正当无关。稍早在哈弗勒尔也是这样。虽说只是威胁,并未付诸行动,但强奸少女和屠戮无辜市民的想法,无法令人一下子联想起'英勇'或'理所当然'之类的字眼儿。"

诚然，作为亨利五世和莎士比亚的后代同胞，生于1907年的奥利弗和生于1960年的布莱纳，这两位现代英国人的做法是在为圣人讳。不过，杀战俘这件事，一来不能怪活在伊丽莎白时代靠写戏挣钱的莎士比亚把它赫然写出，二来还可以拿今人的后见之明替莎士比亚做道德升华，说他这样写乃出于国际人道主义精神，是不为尊者讳。但事实上，莎士比亚可能真没想这么多，他只想以诗剧形式为亨利五世写一部英雄史诗急就章。结果，"英雄史"削弱了"国王戏"的戏剧性。或许，莎士比亚对此心知肚明。

其实，对这一点，美国莎学家托马斯·肯尼（Thomas Kenny）早已看清楚，他在一个半世纪之前出版的《莎士比亚的生活与天才》一书中，即提出："莎士比亚对国家和个人生活的态度在《亨利五世》中有目共睹。在莎士比亚的其他剧作中，这种情况并不存在，但我们无法把该剧同他那些天才的伟大作品剥离开。从戏剧表现生活这个角度来看，该剧在广泛性、多样性、戏剧深度和真实性等多方面及想象的力度上，肯定逊于那些著名悲剧，甚至连那几部混合剧都比不上。剧中没一段堪称技法纯熟深入刻画人物、情感的描写，这说明莎士比亚对题材的处理并不完满。这是一部英雄史，对它做史诗式或抒情性的处理才最有效。但这是一部戏剧，假如把亨利五世塑造成一个完美的、极易被理解的人物，那便失去了戏剧性。描写伟大人物、伟大业绩的史诗自应如此，但戏剧不应受这些因素影响。在剧作中，我们理应见到搅在情感冲突中的戏剧人物。我们知道人的本性中也存在这种因素，只不过这种存在既久远又潜在。史诗这类叙事文体主要为唤起我们的崇敬感，而戏剧则应以表现生活作用于我们的同情心。《亨利五世》正是这样一部戏剧:不表现伟大情感,只表现重大事件。因此,它当然获得最强的戏剧生命。"

莎剧《亨利五世》的确"只"在"表现"阿金库尔之战这一"重大事件",且由此塑造一位理想的完美国王。但显然,它"最强的戏剧生命"似乎也只源于英国人的爱国主义。

由此,不难看出,在这一点上,倒是托马斯·肯尼的著名前辈,英国散文家、评论家威廉·赫兹里特(William Hazlitt,1778—1830)看得更为透辟,他在其《莎士比亚戏剧人物论》(*Characters of Shakespeare's Plays*,1817)中犀利地指出:"亨利五世是英国人极为敬仰的民族英雄,也是莎士比亚最青睐的君王。因此,莎士比亚极力为他的行为辩护,写他性格中好的一面,称他'善良民众的国王'。可他不配享此名誉。他爱打仗,喜欢跟下流人交朋友;他粗鲁放荡,有野心;除了干坏事儿,别无所为。他的个人生活有害健康。他过着一种无人管束的浪荡生活。在公共事务上,他只懂强权,没什么是非标准。他以对宗教伪装的虔诚和对大主教的劝诫遮掩是非。他并未因环境、地位之改变,改变自己的生活信条。他在盖德山的冒险恰是他阿金库尔生涯的前奏,只不过没有流血。福斯塔夫放纵暴虐的罪恶,同教会为保住财产而以王位继承权为由替国王大肆敛财和谋杀比起来,简直不值一提。莎士比亚让坎特伯雷大主教讲出国王发动战争的背后动因。亨利因不懂如何治国理政, 决定向邻国开战。他在国内尚未坐稳王座,又不知如何掌控刚刚到手的偌大权力,便向法国要求继承王位。动武是他的看家本领。"

亨利五世是怎样一个国王呢？

简言之，莎士比亚戏剧中的"哈里"，并非英国历史里的"亨利"！